De Cock en m...

A.C. Baantjer

De Cock
en moord op bestelling

De Fontein

ISBN 978 90 261 1739 8
NUR 331
© 2002 Uitgeverij De Fontein, Utrecht
Omslag: Twin Design bv, Culemborg
Foto omslag: Maran Olthoff
Grafische verzorging: V3-Services, Baarn

Alle rechten voorbehouden. All rights reserved. No part of this publication may be reproduced or transmitted in any form or by any other means, without written permission from the publisher.

1

Rechercheur De Cock van het aloude politiebureau aan de Amsterdamse Warmoesstraat liet zich met een zoete grijns op het gezicht in de stoel achter zijn bureau zakken en wuifde afwerend naar Vledder, zijn onvolprezen assistent.
'Het spijt mij, Dick,' sprak hij hoofdschuddend, 'maar jij gaat niet op vakantie in de tijd dat ik aan dit bureau nog een paar avonddiensten moet vervullen.'
'Waarom niet?'
'Stel je eens voor,' vervolgde De Cock, 'dat in die tijd in ons district een moord wordt gepleegd die ik zou moeten oplossen.'
Vledder keek hem verwonderd aan.
'Kun je het alleen niet af?'
De Cock schudde zijn hoofd en sprak toen bewogen: 'Ik ben bang van niet.'
Vledder lachte vrolijk.
'En dat beken je in alle openheid?'
De Cock knikte traag.
'Dat beken ik,' herhaalde hij kalm, 'in alle openheid.'
'Wil je geloven,' zei Vledder, 'dat ik dit het grootste compliment vind dat ik ooit uit jouw mond heb gehoord?'
De Cock maakte een verontschuldigend gebaar.
'Ik meen het,' sprak hij ernstig. 'Ik heb vroeger veel alleen gewerkt, maar dan mis je toch een kritische stem die tot nadenken dwingt.'
Vledder grinnikte.
'Ik ben zo'n kritische stem?'
De Cock knikte instemmend.
'Ik merk alleen op dat jouw kritiek niet altijd goed is onderbouwd. Maar soms geef je blijk over een goed stel hersens te beschikken, al... eh, al zijn die momenten tot nu toe schaars gebleken.'
Vledder pakte een lijvig proces-verbaal, dat voor hem op zijn

bureau lag en smeet dit in de richting van De Cock. Hij miste op een haar.

De Cock stak ten teken van overgave zijn handen omhoog.

'Het was een grapje,' riep hij lachend. 'De realiteit is,' vervolgde hij bewogen, 'dat wij samen al tal van moeilijke zaken tot een goed einde hebben gebracht. Ik ben altijd dankbaar geweest voor jouw inbreng, voor jouw... eh, jouw vaak tomeloze enthousiasme.'

Vledder kwam uit zijn stoel overeind en raapte het dikke proces-verbaal van de vloer.

'Ik zou met Adelheid een zwerftocht maken door Parijs. We wilden de plekken bekijken waar Georges Simenon zijn commissaris Maigret liet opereren.' Hij glimlachte. 'Maar om jou ter wille te zijn kan dat wel een paar dagen wachten.'

De Cock keek hem dankbaar aan.

'Is jouw Adelheid al toegetreden tot de Amsterdamse recherche?'

Vledder schudde zijn hoofd.

'Ze moet nog een paar maanden stage lopen.'

'Wonen jullie al samen?'

Vledder plukte aan zijn neus.

'We hebben een lat-relatie.'

De Cock trok een grijns.

'Dat is zo'n relatie waar ik niets van begrijp. Hoe kan dat nou? Living Apart Together.'

Vledder maakte een schouderbeweging.

'Het is heel simpel. Al onze vrije tijd brengen we samen door, en samen doen we leuke dingen. Verder hebben we ieder onze eigen behuizing.'

'En dat blijft zo?'

'Je bent nieuwsgierig.'

De Cock knikte.

'Je weet hoe ik over jou denk en ik vind Adelheid van Buuren een schat van een meid. Ik hoop vurig dat jullie gelukkig worden.'

Vledder zuchtte.

'We hebben trouwplannen, maar die moeten we eerst samen nog wat verder uitwerken.'

De Cock keek hem niet-begrijpend aan.
'Wat betekent dat?'
'We willen met onze toekomstplannen duidelijk op één lijn zitten.'
'Zoals?'
Vledder maakte een ongeduldig gebaar.
'Willen we een eigen huis... een hypotheek... willen we kinderen... en als er kinderen zijn, willen we allebei blijven werken? Wie van ons zorgt voor de opvoeding en de verzorging?'
Hij ging weer achter zijn bureau zitten.
'Adelheid neemt die dingen uiterst serieus. Als ik zeg dat onze liefde tegen die tijd wel voor een oplossing zal zorgen, dan neemt zij daar geen genoegen mee. Adelheid wil dergelijke zaken degelijk uitgestippeld hebben voor wij in het huwelijksbootje stappen.'
'Verstandig.'
Vledder gniffelde.
'Verstandig, dat is ze. Als ik...'
De jonge rechercheur stokte. Er werd op de deur van de grote recherchekamer geklopt en Vledder riep: 'Binnen!'
De deur ging langzaam open en in de deuropening verscheen de gestalte van een lange, knappe, breedgeschouderde man. De Cock schatte hem op achter in de dertig. Hij droeg een geraffineerd gesneden grijs kostuum waarvan het colbert enigszins was getailleerd. In een licht heupwiegende gang liep hij op de grijze speurder toe. Met een brede glimlach toonde hij een rij parelwitte tanden.
'U bent rechercheur De Cock?'
De oude rechercheur knikte.
'De Cock met... eh, met ceeooceekaa.' Hij gebaarde voor zich uit. 'En dat is mijn collega Vledder, mijn trouwe hulp. Waarmee dacht u,' sprak hij deemoedig, 'dat wij u van dienst zouden kunnen zijn?'
De man wees naar de stoel naast het bureau van De Cock.
'Mag ik plaatsnemen?'
Zijn stem had iets vrouwelijks.
De Cock knikte.
'Daarvoor,' sprak hij gelaten, 'hebben we die stoel hier neergezet.'

De man knoopte zijn colbert los, trok zijn pantalon aan de vouwen iets omhoog en ging zitten.
'Mijn naam is Eugène,' opende hij. 'Eugène van Kralingen. Ik ben bevriend met Leonidas ter Abbestede. Wij wonen samen op de Prinsengracht.'
Zijn gezicht versomberde.
'Ik ben hier namens mijn vriend.'
'Namens?'
Eugène knikte.
'Leonidas ligt in het AMC, het Academisch Medisch Centrum in Amsterdam, op de intensive care.'
'Hartaanval?'
Eugène van Kralingen schudde zijn hoofd.
'Toen ik gisteravond vrij laat – zo tegen middernacht – thuiskwam, vond ik de deur van ons huis aan de Prinsengracht 1517 halfopen. In de hal, bijna met zijn rug tegen de deur, lag Leonidas. Hij was buiten kennis. Zijn overhemd zat vol bloed. Ik heb direct via het alarmnummer een ambulance gevraagd. Die was er snel. Ik heb bewondering voor de broeders van de Geneeskundige Dienst. Met loeiende sirenes hebben ze ons naar het AMC gebracht.'
De Cock fronste zijn wenkbrauwen.
'Bloed op zijn overhemd?'
Eugène trok even aan zijn stropdas van nervositeit.
'Leonidas,' sprak hij ernstig, 'had drie kogelwonden in zijn borst. Iemand moet op hem hebben geschoten toen hij de deur van ons huis opendeed. Het is een wonder dat hij nog leeft, dat zijn hart niet is geraakt en hem een slagaderlijke bloeding bespaard is gebleven. Er bestaat alleen nog de mogelijkheid, vertelden de artsen, dat een van zijn rugwervels is geraakt.'
'Met als consequentie?'
'Een rolstoel.'
'Hebt u de politie gewaarschuwd?'
'Ik ben tot diep in de nacht in het AMC gebleven. Toen ik thuiskwam was ik te moe om nog het gedoe van een rechercegroep aan te kunnen.'
Hij maakte een verontschuldigend gebaar.

'Ik belde vanmiddag een gezamenlijke kennis van ons op en die raadde mij aan om naar het politiebureau aan de Warmoesstraat te gaan en naar u te vragen.'
'Hij noemde mijn naam?'
Eugène knikte.
'U geniet een uitzonderlijke reputatie.'
De Cock negeerde de opmerking.
'Hebt u voor de deur van uw huis hulzen gevonden?'
'Wat zijn dat?'
De Cock glimlachte om dit onnozele onbegrip.
'Wanneer men met een pistool kogels afvuurt, worden er hulzen uitgeworpen. Bij het gebruik van een revolver niet. Dan blijven de hulzen in het wapen.'
Eugène maakte een schouderbeweging.
'Ik heb geen verstand van vuurwapens.'
'Waren er uittreders, ik bedoel, uitschoten?'
De deftige man keek De Cock ontredderd aan.
'Wat zijn dat nu weer?'
De Cock zuchtte.
'Als er van dichtbij op iemand wordt geschoten, dan gebeurt het vaak dat kogels na het inschot het lichaam weer verlaten. In dat geval moeten de kogels die uw vriend hebben getroffen, zich nog in de hal van uw huis bevinden. Die kogels kunnen weer iets zeggen over het wapen dat de aanvaller heeft gebruikt.'
De oude rechercheur zuchtte opnieuw.
'We zullen een onderzoek bij u thuis moeten doen.'
Eugène van Kralingen boog zich galant voorover.
'Ons hele huis staat tot uw beschikking.'
'Is Leonidas nog bij bewustzijn gekomen?'
'Ja.'
'Hebt u in het AMC met uw vriend kunnen praten?'
Eugène van Kralingen knikte.
'Heel even. De behandelende artsen stonden geen lang gesprek toe.'
'Heeft hij nog iets gezegd over de schutter?'
'Hij... eh, hij zei alleen,' sprak de man hakkelend, 'Eugène... Eugène, iemand heeft op mij geschoten.'

'Er was verbazing in zijn stem?'
'Zeker. Alsof hij het niet kon vatten.'
'Meer heeft hij niet gezegd?'
'Nee.'
'Was uw vriend gekleed? Ik bedoel, was hij gekleed om het huis te verlaten?'
Eugène schudde zijn hoofd.
'Hij droeg geen colbert. Hij was in zijn overhemd. Ik denk dat iemand heeft aangebeld en dat de aanvaller heeft geschoten op het moment dat Leonidas de deur opendeed.'
De Cock trok zijn wenkbrauwen samen.
'Het lijkt op een afrekening in het criminele circuit. Heeft Leonidas ter Abbestede – zo is zijn naam toch – vijanden? Mensen die hem naar het leven staan?'
Eugène keek hem geschrokken aan.
'Leonidas en ik handelen niet in drugs. Wij zijn ook geen lid van een of andere criminele organisatie. Ik ben verkoopleider van een grote im- en exportonderneming. Leonidas is ingenieur.'
'In dienst van?'
Eugène verschoof iets op zijn stoel.
'Het klinkt misschien vreemd, maar Leonidas werkt in opdracht van een reeks milieubewegingen.'
De Cock hield zijn hoofd iets schuin.
'Milieubewegingen?'
Eugène knikte.
'Die steunen hem en maken het hem financieel mogelijk om met zijn liefhebberij te experimenteren.'
De Cock grinnikte.
'Liefhebberij?'
'Noem het een bezetenheid, een obsessie. Leonidas is helemaal in de ban van de Stirlingmotor.'
De Cock toonde verbazing.
'Stirlingmotor?'
'Ook wel heetgasmotor of heteluchtmotor genoemd. Ik ben niet technisch. Vraag mij niet hoe zo'n motor precies werkt. Ik kan het u niet vertellen. Ik weet alleen, dat de motor al in het jaar 1816 is ontworpen en gebouwd door ene Robert Stirling, een

Schotse predikant die leefde van 1790 tot 1878.'
De Cock glimlachte.
'Dat is toch al heel wat.'
Eugènes helblauwe ogen glinsterden.
'Ik weet ook, dat in het midden van de negentiende eeuw de Zweed Ericsson een volgens hetzelfde principe werkende motor praktisch heeft toegepast.'
'En?'
'Op den duur kon de veredelde Stirlingmotor toch niet concurreren met de oprukkende stoommachines.'
De Cock trok een denkrimpel in zijn voorhoofd.
'Ik herinner mij nog uit mijn jeugd, dat zelfs onze bloedeigen Philips de Stirlingmotor in ontwikkeling heeft genomen en aanzienlijke rendementsverbeteringen wist te verkrijgen.'
Eugène van Kralingen knikte.
'In 1972 sloten Philips en Ford een licentieovereenkomst met als doel de Stirlingmotor verder te ontwikkelen, onder andere voor toepassingen in personenauto's.'
'Er is nooit wat van gekomen?'
Eugène van Kralingen schudde traag zijn hoofd.
'In 1978 beëindigde Ford alle projecten op dit gebied. Philips volgde een jaar later.'
'Waarom?'
'Leonidas vermoedt,' sprak Eugène somber, 'dat grote machtige oliemaatschappijen een verdere ontwikkeling van de heteluchtmotor als een bedreiging zagen van hun bestaan. Een Stirlingmotor heeft voor zijn werking geen benzine of olie nodig.'
Vledder floot tussen zijn tanden.
'Dat had een klap gegeven,' riep hij enthousiast. 'Stel je eens voor, een wereld zonder olie en benzine. Vliegtuigen zonder kerosine. Het leven hier op aarde zou er heel wat zonniger uitzien.'
De Cock nam het gesprek weer over.
'Waarom steunen milieubewegingen de... eh, de obsessie van uw vriend Leonidas?'
Eugène glimlachte.
'Naar zijn zeggen is het Leonidas gelukt om een nieuwe dimensie aan de Stirlingmotor toe te voegen, waardoor die volkomen

betrouwbaar voor alle gebruikstoepassingen zou kunnen worden ingezet.'
Hij zweeg even.
'Voor de volledige ontwikkelingen van zijn ideeën ontbrak het Leonidas aan financiële middelen. Dat is de reden dat hij zich in verbinding heeft gesteld met een paar bekende milieubewegingen. Die waren onmiddellijk laaiend enthousiast. Terecht. De Stirlingmotor zoals Leonidas die voor ogen heeft, is geruisarm en heeft vrijwel geen uitstoot van schadelijke uitlaatgassen. Het zou voor het milieu een zegen zijn als Leonidas zijn plannen kon realiseren.'
De Cock knikte instemmend.
'Ik neem aan,' formuleerde hij voorzichtig, 'dat uw vriend zijn bevindingen met die motor niet tot in alle details aan leden van de milieubewegingen heeft geopenbaard.'
Eugène schudde glimlachend zijn hoofd.
'Dat zou uiterst dom zijn. En zo dom is mijn vriend niet. Ik neem aan dat hij zijn volledige plannen en de tot in de details uitgewerkte tekeningen op een veilige plaats heeft weggeborgen.'
'Hebt u ze wel eens onder ogen gehad?'
Van Kralingen knikte.
'Maar die werktekeningen zijn aan mij niet besteed. Ondanks deskundige uitleg van mijn vriend begrijp ik geen snars van het principe waarop de Stirlingmotor berust.'
De Cock boog zich iets naar hem toe.
'Laten we hopen dat uw vriend niet aan zijn verwondingen bezwijkt en zijn zegenrijk werk kan voortzetten.'
De oude rechercheur zweeg even. Zijn scherpe blik tastte de knappe gelaatstrekken van de man af.
'U... eh, u bent homofiel?'
Eugène knikte bedaard.
'Aanvankelijk zonder het te beseffen.'
'En uw vriend?'
Het gezicht van Eugène van Kralingen kreeg een trieste expressie.
'Leonidas is biseksueel. Zo nu en dan verlangt hij ook naar een vrouw.'

2

Onder de strikte toezegging dat hij de rest van de dag thuis aan de Prinsengracht zou blijven, verliet Eugène van Kralingen de grote recherchekamer.
Toen de deur achter hem dichtviel, bracht Vledder in een wild gebaar van vertwijfeling zijn handen naar zijn hoofd.
'Wat een verhaal,' snoof hij. 'Wat een onzinnig verhaal.' Hij keek De Cock vragend aan. 'Geloof jij er iets van?'
De oude rechercheur trok zijn schouders op.
'Het is simpel te informeren of er een Leonidas ter Abbestede met schotwonden in zijn borst in het AMC is opgenomen.'
Vledder schudde zijn hoofd.
'Ik bedoel dat verhaal over die motor. Ik heb nog nooit van een Stirlingmotor gehoord.'
'Ik wel,' reageerde De Cock rustig. 'Al sinds mijn jeugd. Het kwam door mijn vader, die interesseerde zich sterk voor techniek en was laaiend enthousiast over een motor zonder brandstof. Hij was ook bezeten van een perpetuum mobile.'
'Een wat?'
'Een perpetuum mobile is een mechanisme dat, eenmaal in beweging gezet, bruikbare arbeid blijft verrichten zonder energie te verbruiken.'
Vledder keek hem verwonderd aan.
'Zonder krachtbron?'
'Ja.'
'Kan dat?'
'Er zijn nog steeds mensen die bezeten zijn van het idee om zo'n machine uit te vinden.'
'Jij gelooft er niet in?'
De Cock schudde zijn hoofd.
'Een perpetuum mobile is volgens mij een sprookje, een onbereikbaar ideaal.'
'En die Stirlingmotor?'

De Cock stak zijn wijsvinger omhoog.
'Dat is naar mijn gevoel een realiteit. Die motor houdt de gemoederen al bijna twee eeuwen lang bezig. Periodiek duiken er in de media opwindende berichten op over verdere ontwikkelingen van de Stirlingmotor.'
Vledder bromde.
'Het is mij ontgaan. Ik heb er nog nooit iets van gehoord of gelezen.'
'Het interesseert je blijkbaar niet. Dat is het. Ik hou het bij. Een tic van mijn overleden vader. Sinds 1988 is weer enige activiteit rond de Stirlingmotor te bespeuren. In dat jaar nam de Duitse firma KHD – Klockner, Humboldt en Deutz – een belang in de in 1984 opgerichte onderneming SME – Stirling Motors Europa. Ik blijf benieuwd wat het uiteindelijke resultaat wordt.'
Vledder krabde zich achter in zijn nek.
'Zou de aanslag op die Leonidas ter Abbestede verband houden met zijn experimenten met die motor?'
'Als zijn uitvindingen inderdaad toepasbaar zijn en op een of andere manier naar buiten zijn uitgelekt, dan vrees ik het ergste.'
'Hoe bedoel je?'
De Cock zuchtte.
'Er zijn grote belangen in het spel. Eugène van Kralingen stipte het al even aan, machtige oliemaatschappijen, rijke olieproducerende landen. Die zitten echt niet op een bruikbare Stirlingmotor te wachten.'
Vledder trok zijn wenkbrauwen op.
'Verwacht jij acties uit die kringen?'
'Ik denk dat men de productie van zo'n motor zal boycotten. Al in een vroeg stadium.'
'Zoals het stadium van de nieuwe dimensie van Leonidas ter Abbestede?'
'En als dat zo is, wat ik niet hoop, dan hebben we te maken met een mislukte moord op bestelling.'
'Moord op bestelling?'
'Ja.'
'Een huurmoordenaar?'

'Precies.'
Vledder zuchtte.
'Hoe vind je een huurmoordenaar?'
De Cock grijnsde.
'Hoe vind je zijn opdrachtgever, de man of vrouw die de bestelling deed? En als die, zoals gewoonlijk, weer gebruik heeft gemaakt van een reeks tussenpersonen, dan is het oplossen van zo'n moord op bestelling een vrijwel hopeloze zaak. Er zijn te veel schijven... mensen die elkaar onder alle omstandigheden dekken.'
'Worden er wel eens liquidatiemoorden opgelost?'
'Weinig, veel te weinig. Bij een huurmoord bestaat er in de regel geen relatie tussen het slachtoffer en de dader. Er bestaan geen directe verbanden. Dat maakt een huurmoord zo moeilijk om op te lossen.'
De oude rechercheur stond langzaam op van zijn stoel.
'Maar we hebben geen keus,' sprak hij somber. 'We zullen er toch aan moeten beginnen. Er zit niets anders op. Breng mij maar naar het AMC. Misschien lukt het mij om van de behandelende artsen toestemming te krijgen om de heer Ter Abbestede te ondervragen.'
Vledder trok zijn gezicht in een ernstige plooi.
'Wil je niet liever een paar dagen wachten tot het slachtoffer wat is opgeknapt? Misschien krijg je dan sneller toestemming voor een verhoor.'
De Cock schudde zijn hoofd.
'Als bij de betrokkenen bekend wordt dat die eerste moordpoging is mislukt, dan verwacht ik spoedig een tweede aanslag.'
Vledder knikte begrijpend.
'Met mogelijk wel fatale gevolgen.'

Toen De Cock met een somber gezicht in de hal van het AMC terugkwam, liep Vledder op hem toe. De jonge rechercheur keek op zijn horloge.
'Dat heeft niet lang geduurd.'
De Cock schudde zijn hoofd.
'De behandelende artsen hadden grote bezwaren. Zij weigerden

aanvankelijk mij bij de patiënt toe te laten. Uiteindelijk kreeg ik toch toestemming om even met die Ter Abbestede te praten... heel kort en onder medisch toezicht.'
'En?'
'Een vreemde man, die Ter Abbestede. Hij maakte op mij een verwarde indruk.'
Vledder grinnikte.
'Wat wil je? Mag die man verward zijn. Er is een moordaanslag op hem gepleegd. Ik denk niet dat een mens zich prettig voelt met drie kogelgaten in zijn borst.'
De Cock knikte ernstig.
'Daar houd ik rekening mee. Uiteraard. Maar toch... een vreemde man. Hij praat heel zacht, bijna fluisterend. Ik kon hem haast niet verstaan.'
'Heb je iets concreets uit hem gekregen?'
'Nauwelijks.'
'Kon hij je een beschrijving geven van de man die op hem schoot?'
De Cock schudde zijn hoofd.
'Hij heeft vrijwel geen glimp van de schutter kunnen opvangen. Op het moment dat hij na het aanbellen de deur van zijn huis opendeed, viel al het eerste schot, onmiddellijk gevolgd door de twee andere. Ter Abbestede herinnert zich nog het geluid van snelle vluchtende voetstappen. Verder niets.'
Vledder grijnsde.
'Daar komen we niet veel verder mee.' De jonge rechercheur zweeg even. 'Zijn er voordien bedreigingen geuit?' vroeg hij verder. 'Had hij een aanslag verwacht?'
De Cock schudde zijn hoofd.
'Absoluut niet. Anders was hij wellicht attenter geweest... had hij niet bij het aanbellen onmiddellijk de deur van zijn huis geopend. Ter Abbestede was volkomen argeloos.'
De oude rechercheur kauwde even op zijn onderlip.
'Er is nog iets.'
'Wat?'
'Ongeveer een halfuur voordat hij in de deuropening werd neergeschoten, was hij tot de afschuwelijke ontdekking geko-

men dat al zijn in de loop der jaren gemaakte aantekeningen en schetsen van de verbeterde Stirlingmotor uit zijn huis waren verdwenen.'
Vledder reageerde verrast.
'Verdwenen?'
'Ja.'
'Hoe?'
'Geen idee. Ter Abbestede kon zich alleen herinneren dat hij die aantekeningen en schetsen ruim een maand geleden nog had geraadpleegd.'

Ze sloften met bedrukte gezichten de hal van het AMC uit. De Cock blikte opzij.
'Waar staat de wagen?'
'Op de parkeerplaats.'
Achter een met loeiende sirene aanstormende ambulance staken ze over. Het werd al donker. Een miezerige motregen zakte traag, vrijwel loodrecht uit een grijze hemel. De oude rechercheur trok de kraag van zijn regenjas omhoog en schoof zijn oude hoedje iets naar voren. Hij keek schuin omhoog. In de verte schemerde het silhouet van de Arena.
'We gaan naar de Prinsengracht,' bromde hij. 'Misschien vinden we daar nog wat.'
'Hoop?'
De Cock glimlachte.
'Hoop verloren... al verloren. Een mens mag de hoop niet verliezen... nooit. Zelfs in de doos vol ellende van Pandora lag de hoop op de bodem.'
'Kreten van je oude moeder?'
'Precies. Ze was een doorzettertje.'
Vledder trok het portier van de Golf open en liet De Cock instappen.
'Is er bij hem ingebroken?'
De oude rechercheur trok zijn schouders op.
'Ik heb geen kans meer gekregen om hem dat te vragen. Ik moest mijn vraagstelling abrupt beëindigden. Ik werd door twee broeders gewoon bij zijn bed weggetrokken.'

Ze reden van de parkeerplaats weg. Omdat de voorruit door duizenden kleine regendruppeltjes ondoorzichtig was geworden, deed Vledder de ruitenwissers aan. De Cock liet zich onmiddellijk onderuitzakken en schoof de rand van zijn hoedje tot op de rug van zijn neus. Zwiepende ruitenwissers hadden op hem een hypnotiserende werking. De grijze speurder had de ziekelijke neiging om ze met zijn ogen te volgen tot hij in slaap viel.

Vledder stootte hem van opzij aan.

'Eugène van Kralingen heeft vanmiddag niets over een inbraak gezegd.'

'We zullen het hem opnieuw vragen. Als het waar is dat zijn vriend pas kort voor de aanslag zijn aantekeningen en schetsen miste, dan was Eugène daar vanmiddag nog niet van op de hoogte.'

'Tenzij Ter Abbestede hem dat gisteravond al heeft verteld.'

De Cock knikte.

'In dat geval zou het inderdaad vreemd zijn dat hij er tegen ons met geen woord over heeft gerept. We zullen in ieder geval de financiële middelen, het vermogen van onze adonis in de gaten moeten houden.'

Vledder glimlachte.

'Je bedoelt dat Eugène van Kralingen het eerst voor de diefstal van de aantekeningen en schetsen in aanmerking komt en die mogelijk heeft verkocht?'

'Precies. Het lijkt mij ook zinnig om zijn alibi voor het tijdstip van de aanslag na te trekken.'

Vledder lachte vrolijk.

'Het lijkt of je er weer zin in krijgt.'

Nabij de ingang van Prinsengracht 1517 zochten de twee rechercheurs bij het schaarse licht van hun zaklantaarns naar hulzen. Ze waren er niet.

De Cock bromde.

'Of ze waren er niet of iemand heeft ze in de loop van de dag gevonden en opgeraapt.'

Vledder reageerde niet.

Daarna bekeken ze de zware groengelakte buitendeur. Er waren geen sporen van braak of verbreking. Ook wees niets erop dat de deur recent was gerepareerd.
Vledder gebaarde om zich heen.
'Zullen we nog een buurtonderzoek doen?'
'Op dit stukje van de Prinsengracht wonen weinig mensen. Het zijn veelal kantoren en opslagruimten.'
Na een grondige inspectie van de directe omgeving belde De Cock aan.
Eugène van Kralingen ontving hen innemend, vriendelijk en uiterst hoffelijk. In zijn donkerrode gewatteerde kamerjas, waaronder een glanzende, witzijden blouse, maakte hij na het openen van de huisdeur een beleefde buiging.
'Treed binnen.'
Na de begroeting bekeek De Cock de wanden van de hal. In de sponning van de deur naar de gang ontdekte hij de inslag van een kogel. Hij wees die Vledder aan.
'Laat de technische dienst dit bekijken en laat morgen voor alle zekerheid ook de dactyloscopische dienst opdraven.'
Eugène bekeek het gaatje.
'Dat is mij nog niet opgevallen.'
De Cock keek naar hem op.
'Wij wilden nog even met u praten.'
Eugène maakte opnieuw een kleine buiging en ging de rechercheurs voor naar een groot vertrek met een hoge zoldering en een fraaie lambrisering van eiken panelen. Nabij een imposante schouw was een zitje van vier lederen fauteuils. Aan weerszijden van de fauteuils stonden forse bijzettafels, waarop wijn- en cognacglazen.
Eugène maakte een weids gebaar.
'Neem plaats. Mag ik iets inschenken?'
De Cock schudde zijn hoofd.
'Wij wilden eerst even zaken met u doen.'
Eugène knikte begrijpen en ging tegenover De Cock zitten.
De grijze speurder boog zich iets naar voren.
'Wij zijn net terug van een bezoek aan het AMC. Ik heb van de behandelende artsen, met heel veel moeite, toestemming gekre-

gen om enkele woorden met uw vriend Leonidas te wisselen. Ik heb niet veel tijd gekregen, maar toch voldoende om van uw vriend te vernemen dat al zijn aantekeningen en schetsen van de verbeterde Stirlingmotor uit dit huis zijn verdwenen.'
'Wat?'
De Cock knikte.
'Hij ontdekte het kort voordat er werd aangebeld en iemand op hem schoot.'
Eugène sloeg zijn slanke handen voor zijn gezicht.
'Verschrikkelijk. Jaren van research.'
De Cock wachtte tot hij zijn handen liet zakken.
'Heeft Leonidas u dit gisteravond niet verteld? U hebt toch ook met hem gesproken?'
Eugène schudde zijn hoofd.
'Dat heeft hij mij niet verteld,' antwoordde hij schuchter.
De Cock keek hem strak aan.
'Vreemd. U... eh, u bent toch zijn vertrouweling... zijn vriend?'
Van Kralingen sloot even zijn ogen.
'Mijn vriend Leonidas is een sloddervos. Ik heb hem er wel honderdmaal op gewezen dat hij beter op zijn spullen moest passen, dat hij niet alles overal moest laten rondslingeren.'
Hij knikte voor zich uit.
'Ik vermoed dat mijn ergernis de reden is dat hij het verdwijnen van zijn paperassen voor mij verzweeg. Hij heeft het niet aangedurfd het mij te vertellen.'
'Kunt u mij zeggen hoe die bescheiden uit dit huis zijn verdwenen... hebben kunnen verdwijnen?'
'Geen idee.'
'Inbraak?'
'Nee. Er is bij ons niet ingebroken.'
'Een insluiping?'
'Bijna onmogelijk.'
De Cock nam een kleine pauze.
'Waar was u gisteravond?' vroeg hij na een poosje. 'Ik bedoel, voor u Leonidas ter Abbestede hier gewond bij de deur trof?'
Eugène keek hem geschokt aan.
'U vraagt naar een alibi?' vroeg hij ongelovig. 'Mijn alibi?'

'Exact.'
Eugène grinnikte vreugdeloos.
'U denkt... u denkt, dat ik...' Hij maakte zijn zin niet af, vouwde zijn handen en hief ze in een wanhopig gebaar. 'Ik... eh, ik houd van die man,' sprak hij licht stotterend. 'Leonidas betekent alles voor mij. U... eh, u denkt toch niet dat ik mijn grote liefde met kogels bestook?'
De Cock keek hem onbewogen aan.
'Ik kan u voorbeelden noemen,' antwoordde hij kalm.
'Waanzin.'
De Cock negeerde de opmerking.
'Waar was u gisteravond?'
Voor hij kon antwoorden rinkelde de telefoon op een bijzettafel naast zijn fauteuil. Eugène nam de hoorn op en luisterde. Ineens werd zijn gezicht lijkbleek. Hij zakte opzij en sloot zijn ogen. De hoorn gleed uit zijn hand en kletterde op het parket.
De Cock kwam snel overeind en pakte de gevallen hoorn op.
'Met wie?' riep hij dwingend.
Na een halve minuut legde hij de hoorn op het toestel terug.
Vledder keek hem vragend aan.
'Wie was dat?'
De Cock zuchtte.
'Het AMC.'
'En?'
'Leonidas ter Abbestede is dood.'

3

Kort voor middernacht verlieten de rechercheurs het huis van Eugène van Kralingen. Het was stil op de Prinsengracht. Het regende nog steeds. Miezerig. De fijne motregen dempte het rumoer van de binnenstad. Het geluid van trams leek ver weg.
Ze slenterden naar hun Golf, die Vledder aan de walkant tussen de bomen had geparkeerd. Er scharrelde een enkele rat. Ze stapten zwijgend in en reden weg.
De Cock besloot de magie van de zwiepende ruitenwissers ditmaal te trotseren. Hij zat rechtop naast Vledder en schoof zijn oude hoedje ver naar achteren.
'Trek jij morgen het alibi van Eugène van Kralingen na. De vriend die hij zegt te hebben bezocht, zal dat mogelijk kunnen bevestigen.'
'Ik zal die man vragen of hij morgen bij ons aan de Warmoesstraat wil komen voor het afleggen van een korte verklaring. We moeten weten hoe laat Eugène bij hem kwam en zo exact mogelijk het tijdstip waarop hij vertrok.'
'Precies.'
Vledder keek strak voor zich uit.
'De dood van Leonidas ter Abbestede heeft hem diep geschokt. Eugène was er beslist kapot van. Ik vond zijn uitingen van verdriet oprecht. Het was in mijn ogen geen theater.'
De Cock maakte een schouderbeweging.
'We hebben hem even bijgestaan in zijn verdriet,' sprak hij gelaten. 'En zo goed mogelijk gepoogd om hem te troosten. Veel meer kan men toch niet van ons verwachten. We kunnen moeilijk de hele nacht bij hem blijven om zijn handje vast te houden. Eugène van Kralingen moet maar iemand uit zijn kennissenkring benaderen.'
Vledder keek hem van terzijde aan.
'Is die Ter Abbestede toch aan de gevolgen van zijn schotwon-

den overleden? Ik had het idee dat hij er redelijk goed vanaf was gekomen.'
De Cock schudde zijn hoofd.
'Leonidas ter Abbestede stierf niet aan zijn verwondingen. Hij werd vermoord.'
De mededeling schokte Vledder zo intens, dat hij bijna de macht over het stuur verloor.
'Vermoord?' riep hij geschrokken.
De Cock knikte traag.
'Iemand vuurde van dichtbij een aantal dodelijke schoten op hem af. Er werd vermoedelijk gebruikgemaakt van een pistool met geluiddemper.'
'In het AMC?'
De Cock knikte opnieuw.
'In de intensive care. De opgewonden en wat nerveuze arts die ik aan de telefoon had, vermoedde dat de dader heel onopvallend als een echte verpleger was gekleed en zo de intensive care kon binnenstappen. Voor zover de arts kon nagaan heeft geen enkel lid van zijn staf van de daad iets gemerkt... niemand heeft iets gezien... niemand heeft schoten gehoord. Men vond zijn lijk toen een nieuwe hartpatiënt op de intensive care werd binnengebracht.'
'Hoe is het mogelijk,' riep Vledder verbijsterd. 'In een ziekenhuis denk je toch veilig te zijn.'
De Cock staarde somber voor zich uit.
'Ik was er al bang voor. Een of andere machtige groepering heeft het gevaar van de verbeterde Stirlingmotor ingezien en adequaat gereageerd.'
'Men is er verrekt snel achter gekomen,' verzuchtte Vledder, 'dat de eerste aanslag mislukte en dat Ter Abbestede in het AMC was opgenomen.'
De jonge rechercheur blikte opzij.
'Gaan we erheen?'
'Naar het AMC?'
'Ja.'
'Om wat te doen?'
'Een onderzoek instellen... het lijk in beslag nemen voor een gerechtelijke sectie.'

De Cock schudde zijn hoofd.
'Daar begin ik niet aan... op eigen houtje. We gaan naar de Kit en bellen commissaris Buitendam uit zijn bed.'
Vledder keek hem verwonderd aan.
'Waarom?'
'De aanslag gebeurde weliswaar in ons district, maar de feitelijke moord werd in het AMC gepleegd. En het AMC ligt ver buiten onze grenzen. Dat behoort bij Zuidoost, bureau Remmerdenplein.'
'Dat klopt.'
'Buitendam moet maar beslissen wie de moord op Leonidas ter Abbestede gaat behandelen, wij of onze collega's van bureau Remmerdenplein.'
Vledder grinnikte.
'Laten we hopen dat Buitendam ditmaal een verstandig besluit neemt.'
De Cock blikte opzij.
'En ons de zaak uit handen neemt?'
Vledder bromde wat, maar reageerde verder niet. De jonge rechercheur parkeerde de Golf op de gladde houten steiger achter het politiebureau. Ze stapten uit en sloften via de Oudebrugsteeg naar de Warmoesstraat.
Toen ze de hal van het politiebureau binnenkwamen wuifde Jan Kusters ter begroeting, maar bleef rustig achter de balie zitten.
De Cock liep op hem toe.
'Heb je geen alarmerende berichten voor ons?' vroeg hij met verwondering in zijn stem. 'Meestal sta je direct met een lijk te zwaaien.'
De wachtcommandant schudde zijn hoofd.
'Het is vrij kalm vanavond.'
De Cock liep om de balie heen.
'Geef mij het telefoonnummer van Buitendam.'
Jan Kusters keek hem verwonderd aan.
'Wil je hem nu bellen... op dit uur?'
De Cock knikte.
'De man die een aanslag aan de Prinsengracht overleefde, is vanavond in het AMC op de intensive care doodgeschoten.'

'Allemachtig.'
De Cock wees naar de telefoon.
'Commissaris Buitendam moet nu maar beslissen wie de zaak behandelt. Ik kan er niet mee wachten tot morgenochtend. Dan gaan kostbare uren verloren.'
De wachtcommandant schoof hem een molentje met telefoonnummers toe.
De Cock zocht even en draaide het nummer. Het duurde vrij lang voor hij een slaperige en knorrige commissaris Buitendam aan de lijn had. De oude rechercheur wachtte geduldig tot de man niet meer mopperde en gaf toen een gedetailleerde uiteenzetting van zijn probleem. Na luttele minuten legde hij de hoorn op het toestel terug.
Vledder keek hem vragend aan.
'En?'
De Cock plukte aan zijn neus en grinnikte.
'De behandeling van de moord gaat naar het district waarin het AMC ligt. Dat vond hij een juiste gang van zaken. We moeten wel al onze bevindingen inzake de aanslag op Leonidas ter Abbestede in een proces-verbaal verwerken.'
'Een pak van mijn hart,' verzuchtte Vledder. 'Ik weet niet hoe jij erover denkt, maar ik zag echt geen gat in die moord en het daaraan verbonden eeuwenoude drama van jouw Stirlingmotor.'
'Stirling is mijn motor niet,' gniffelde De Cock. 'Ik vind de perikelen rond die motor gewoon interessant.'
De oude rechercheur trok een ernstig gezicht.
'Ik ben ook blij dat wij van die zaak verlost zijn. Onze middelen en bevoegdheden zijn te gering om zo'n affaire te behandelen. Het is overigens meer een zaak voor de BVD.[*] Die hebben meer mogelijkheden.'
'Wanneer wil je dat proces-verbaal van bevindingen maken?'
De Cock wees omhoog.
'Boven, nu direct. Dan brengen we het vannacht nog naar het Remmerdenplein.' Hij maakte een grimas. 'Voordat iemand zich bedenkt en de beslissing van Buitendam terugdraait.'

[*] Binnenlandse Veiligheidsdienst

In de grote recherchekamer werkten ze samen een paar uur gestaag door. De rappe vingers van Vledder dansten over het toetsenbord van zijn computer. De Cock bekeek de prints en gaf aan waar hij nog een kleine uitbreiding in de tekst wilde. De oude rechercheur probeerde zich ook zo exact mogelijk te herinneren wat Leonidas ter Abbestede hem tijdens het korte verhoor in het AMC had gezegd. Het was, zo besefte hij pijnlijk, te weinig voor een aanwijzing in de richting van de dader.
Vledder keek naar hem op.
'Wat denk je? Trek ik morgen nog dat alibi van Eugène van Kralingen na?'
De Cock schudde zijn hoofd.
'Nu wij van die ellendige zaak zijn verlost, hoeft dat niet meer. Wij hebben alles wat Eugène van Kralingen als zijn alibi aanvoert in ons proces-verbaal opgenomen. Onze collega's moeten maar beslissen wat ze ermee willen. Ik neem morgen wel even contact met hen op.'
De telefoon op het bureau van De Cock rinkelde. Vledder boog zich ver over zijn computer, nam de hoorn op en luisterde.
De Cock zag hoe het gezicht van zijn jonge collega verbleekte. Zonder iets te zeggen legde Vledder de hoorn op het toestel terug.
'Wie was dat?' vroeg De Cock.
'De wachtcommandant.'
'Wat had hij?'
Vledder slikte.
'In haar woning op de tweede etage aan de Blauwburgwal 113 ligt een dode vrouw.'
'Vermoord?'
Vledder knikte traag.
'Gewurgd met een sjaal.'

De Cock wierp hun proces-verbaal van bevindingen op het bureau van de wachtcommandant.
'Laat dat straks even naar het Remmerdenplein brengen. Wij gaan naar de Blauwburgwal.' Hij zweeg even. 'Van wie kwam de melding van die moord?'
'Een man.'

'Heb je zijn naam?'
Jan Kusters schudde zijn hoofd.
'De man zei heel koel: in-haar-woning-op-de-tweede-etage-van-Blauwburgwal-nummer-honderd-dertien-ligt-een-dode-vrouw... Toen brak hij af. Hij gaf mij geen gelegenheid om naar zijn naam te vragen.'
'Vreemd.'
De wachtcommandant knikte.
'Ik heb er een surveillancewagen heen gestuurd. De jongens gaven net door dat er in die woning inderdaad een dode vrouw ligt, vermoord, gewurgd met een sjaal. Ze vroegen om de recherche.'

Op de Blauwburgwal bracht Vledder hun Golf pal achter de surveillancewagen met zwaailicht tot stilstand.
Een jonge agent liep op De Cock toe. Hij tikte met zijn wijsvinger tegen de rand van zijn pet.
'Mijn collega is boven bij het lijk. Ik heb net de meute voor u gewaarschuwd.'
'Ben jij ook boven geweest?'
'Ja.'
'Hoe zijn jullie binnengekomen?'
De jonge agent wees naar de toegangsdeur van perceel Blauwburgwal 113.
'Die stond helemaal open en ook de deur van de woning op de tweede etage stond open. Het leek net alsof iemand in grote haast uit de woning was gevlucht. We konden zonder haperen naar binnen.'
De Cock knikte begrijpend.
'Bedankt.'
Hij liep aan de jonge agent voorbij naar de deur. Na een klein portaal hees de oude rechercheur zijn negentig kilo puffend langs de trap omhoog. De houten treden kraakten onder zijn gewicht. Vledder volgde hem met lichte tred.
Boven, op de tweede etage, wachtte hij even tot zijn ademhaling weer wat op peil was en bekeek daarna de open toegangsdeur, die naar de keuken leidde. Er waren geen sporen van braak of verbreking.

Tegen de deurpost leunde een agent. De Cock herkende Jan Peekel, een al wat oudere diender.
'Waar ligt ze?'
Jan Peekel duimde over zijn schouder.
'In de woonkamer, op de vloer voor de bank. Het is zo te zien een knap wijfie.' Hij stapte opzij en liet De Cock en Vledder aan hem voorbijgaan.
De oude rechercheur bleef in de deuropening van de woonkamer staan en overzag de situatie. Er was geen wanorde... niets dat op een worsteling wees. Hij draaide zich even om naar Jan Peekel.
'Brandde het licht toen jullie kwamen?'
De diender knikte.
'We hebben aan de situatie niets veranderd. Ik heb mijn handen in mijn zakken gehouden om niets aan te raken.'
De Cock glimlachte.
'Heel braaf.'
Hij stapte de woonkamer binnen. Voor een brede driezitsbank lag op een wit hoogpolig tapijt het lichaam van een jonge vrouw. Haar wijd opengesperde ogen staarden naar de zoldering.
Als een waaier lag om haar hoofd een weelde van zacht golvend kastanjebruin haar. Om haar hals, diep in het vlees gesnoerd, zat een roze sjaal. Haar voeten, in lichtgroene pantoffeltjes, lagen ongeveer een halve meter uit elkaar.
De oude rechercheur knielde bij haar neer en drukte de rug van zijn hand tegen haar wang. Die voelde nog warm aan. Hij bekeek haar regelmatig gevormd gelaat. Jan Peekel had gelijk. Ze was 'zo te zien een knap wijfie'.
De Cock bezag het witzijden nachthemd dat ze droeg. Het reikte tot haar enkels. Hij tilde het hemd aan de zoom omhoog en bekeek haar slipje. Er was niets dat op een zedendelict duidde. Voorzichtig trok hij het nachthemd weer naar beneden. Toen hij overeind kwam kraakten zijn knieën.
Hij keek opzij naar Vledder.
'Wat zegt jou die sjaal?'
'Bedoel je die insnoeringen?'
'Ook.'

Vledder dacht even na.
'De dader is een krachtig persoon,' concludeerde hij, 'vermoedelijk een kop groter dan zij. De strangulatie loopt schuin omhoog in de richting van haar oren.'
'Verder?'
'Hij of zij heeft haar van achteren benaderd.'
De Cock keek zijn jonge collega bewonderend aan.
'Heel goed. De uiteinden van de sjaal liggen inderdaad onder haar rug.'
Bram van Wielingen kwam de kamer binnen. Hij zette zijn aluminium koffertje op het ronde tafeltje voor de bank en keek De Cock kwaad aan.
'Ben je weer aan het nachtbraken,' siste hij. 'Gun je mij niets? Ik lag net te dromen van een zonnige vakantie aan de Méditerranée.'
De Cock lachte.
'Als je hier je werk hebt gedaan,' reageerde hij rustig, 'mag je straks weer verder dromen.' Hij zweeg even. 'Krijg ik vannacht nog een dactyloscoop?'
Bram van Wielingen monteerde een flitser op zijn fraaie Hasselblad en knikte.
'Ben Kreuger wordt voor je opgehaald.'
De Cock draaide zich om. In de deuropening ontdekte hij dokter Den Koninghe. Achter hem stonden twee broeders van de Geneeskundige Dienst met een brancard. Ze toornden hoog boven de kleine lijkschouwer uit.
Terwijl achter hem Bram van Wielingen in een snel tempo flitste, liep De Cock op Den Koninghe toe en schudde hem hartelijk de hand. Hij had een zwak voor de excentrieke dokter met zijn ouderwetse grijze slobkousen onder een deftige streepjesbroek, zijn stemmige jacquet en zijn verfomfaaide groen uitgeslagen garibaldihoed. Zelfs in de regen verscheen hij in dit tenue. Zonder regenjas.
'Hoe maakt u het?' vroeg De Cock belangstellend.
Dokter Den Koninghe keek even naar hem op.
'Mijn oude botten,' sprak hij met een krakende stem, 'vertellen mij al jaren dat ik aan de VUT toe ben, maar mijn werkgever, de

Gemeente Amsterdam, wil niet naar het geluid van mijn botten luisteren.'
De Cock lachte.
'De Amsterdamse stedenmaagd,' stelde hij, 'is een hardvochtige vrouw.'
Dokter Den Koninghe reageerde niet. Hij hurkte bij het lijk neer. Het kraken van zijn stramme knieën was duidelijk hoorbaar. Hij voelde aan de kaak van de dode vrouw. Daarna schoof hij met duim en wijsvinger haar oogleden toe. Na een korte inspectie van de insnoeringen aan haar hals, kwam hij overeind. Met precieze gebaren nam hij zijn bril af, pakte zijn pochet uit het borstzakje van zijn jacquet en poetste zijn glazen. Daarna zette hij zijn ziekenhuisbrilletje weer op en duwde zijn pochet terug in het borstzakje. Het was een reeks gewoontegebaren die De Cock berustend gadesloeg.
'Ze is dood,' sprak de oude lijkschouwer laconiek.
De Cock grinnikte.
'Die overtuiging had ik al.'
'De dood trad niet zo lang geleden in. Ik schat iets meer dan een uur.'
Dokter Den Koninghe draaide zich om, wuifde tot afscheid en verliet het kamertje.
Bram van Wielingen borg zijn Hasselblad terug in zijn aluminium koffertje.
'Morgen heb je de prenten op je bureau.' Hij pakte zijn koffertje op en liep zonder te groeten weg.
'Doe ze straks de groeten van mij aan de zonnige Méditeranée,' riep De Cock hem spottend na.
Bram van Wielingen reageerde niet. Hij keek niet eens naar Ben Kreuger, die langs hem heen de kamer binnenkwam. De dactyloscoop gaf De Cock een hand.
'Ik hoop dat ik dit keer iets voor je kan doen. Wat is er gebeurd?'
De Cock gebaarde naar de dode vrouw op de vloer.
'Gewurgd.'
Ben Kreuger boog zich iets naar voren.
'Is ze al weer vrij!' riep hij verrast.

De Cock reageerde verward.
'Wat bedoel je?'
Ben Kreuger wees naar het slachtoffer.
'Dat is Jacqueline Verpoorten. Een paar dagen geleden heb ik nog vingerafdrukken van haar genomen.'
'Vingerafdrukken?'
Ben Kreuger knikte
'Ze was gearresteerd door de recherche van het bureau Remmerdenplein.'
'Waarvoor?'
'Beroving.'

4

Toen De Cock de volgende morgen meer dan anderhalf uur te laat de grote recherchekamer binnenstapte, wierp hij jolig zijn oude hoedje missend naar de kapstok, wurmde zich uit zijn regenjas en raapte diep bukkend zijn hoedje op.
Hij trof Vledder uiterst geconcentreerd achter zijn computer. De jonge rechercheur keek pas op toen De Cock tegenover hem plaatsnam.
'Wat ben je laat,' riep hij bestraffend.
De Cock trok zijn schouders op.
'Het was ongeveer vier uur voor ik in bed lag,' verontschuldigde hij zich. 'Ik heb toch wel recht op een paar uur nachtrust. En wie weet hoe laat het vanavond weer wordt.'
Vledder negeerde de opmerking.
'Ik heb vanmorgen bij de recherche Remmerdenplein geïnformeerd naar de beroving waarbij de dode Jacqueline Verpoorten betrokken zou zijn geweest.'
De Cock glimlachte.
'Toen ze nog leefde.'
Vledder bromde.
'Uiteraard... toen ze nog leefde. Wat is dat nu voor een opmerking.'
De Cock stak afwerend zijn handen omhoog.
'Ga verder.'
'Onze Jacqueline Verpoorten heeft haar medeplichtigheid of mededaderschap aan de beroving vlot toegegeven. Daar deed ze helemaal niet moeilijk over. Ze schoof echter alle schuld op ene Robert van Eijsden. Die man zou haar onder bedreiging met geweld hebben gedwongen om hem bij de beroving behulpzaam te zijn.'
'Het oude liedje. De schuld ligt bij een ander.'
Vledder knikte.
'De rechercheur die de zaak behandelde, geloofde haar verhaal.

Hij heeft via zijn chef contact opgenomen met de officier van justitie meester Achterbroek.'
De Cock grinnikte.
'En deze lieve goedhartige "opsporingsambtenaar bij uitnemendheid"* heeft, zo schat ik, onmiddellijk zijn toestemming gegeven om Jacqueline Verpoorten in vrijheid te stellen.'
'Inderdaad.'
'En Robert van Eijsden?'
Vledder glimlachte.
'Hij werd 's nachts thuis in zijn woning gearresteerd, maar wist tijdens zijn overbrenging naar het politiebureau Remmerdenplein te ontkomen. Hij rukte zich los en verdween in het duister.'
De Cock knikte begrijpend.
'En nu loopt er van hem een OAV?'**
'Ja.'
'Waar vond die beroving plaats?'
'Op het Westbroekplein.'
De Cock fronste zijn wenkbrauwen.
'Waar ligt dat?'
'In Gein, pal bij de halte van de metro.'
De Cock schudde zijn hoofd.
'Ik ken mijn eigen stad niet meer.' Hij zweeg even. 'Was die beroving op de openbare weg?'
Vledder schudde zijn hoofd.
'Bij een oudere man thuis, een weduwnaar, genaamd Klaas van het Veer. Onze Jacqueline Verpoorten trad vaak als callgirl op.'
De Cock reageerde verrast.
'Als callgirl?'
Vledder knikte.
'Ze had haar diensten een paar maal aan die Klaas van het Veer verleend. Toen ze bij hem aanbelde, liet de man haar achteloos binnen.'
'Begrijpelijk.'

---

* OAV: Algemeen verzoek tot Opsporing, Aanhouding en Voorgeleiding
** wettelijke omschrijving van een officier van justitie

'Jacqueline Verpoorten werd direct gevolgd door die Robert van Eijsden, die vrijwel onmiddellijk tot actie overging. Hij bedreigde de man en dwong hem zijn geld af te staan.'
'Veel?'
Vledder tuitte zijn lippen.
'Een paar duizend gulden. Klaas van het Veer heeft aangifte gedaan bij de politie aan het Remmerdenplein. Hij kende bij toeval de naam van de vrouw die hem een paar maal als callgirl thuis had bezocht.'
Vledder grijnsde.
'In het bezit van die naam was het voor de recherche een kleine moeite om haar te achterhalen en te arresteren.'
De Cock trok een denkrimpel in zijn voorhoofd.
'Ik... eh,' sprak hij traag, 'ik heb wel belangstelling voor die Robert van Eijsden.'
'In welk opzicht?'
De Cock spreidde zijn handen.
'Denk maar na. Door zijn arrestatie weet Robert van Eijsden dat Jacqueline Verpoorten hem bij de recherche heeft verlinkt.'
Vledder keek hem verrast aan.
'Daar heb ik nog niet aan gedacht,' riep hij enthousiast. 'Maar je hebt gelijk. De moord op Jacqueline Verpoorten kan een wraakactie van hem zijn.'
De jonge rechercheur zweeg even.
'Moet ik hem voor ons op de telex zetten?'
De Cock schudde zijn hoofd.
'Bel straks met de recherche van het Remmerdenplein en vertel hen dat ook wij belangstelling voor Robert van Eijsden hebben.'
Het gezicht van Vledder betrok.
'Bel jij zelf maar,' sprak hij timide. 'Ik had niet het idee dat de mensen daar erg blij waren met die moord in het AMC. Volgens hun theorie kwam Leonidas ter Abbestede in het AMC op de intensive care terecht...' De jonge rechercheur zweeg even. 'En nu komt het... na een mislukte moordaanslag op hem in ons district gepleegd.'
De Cock grijnsde.

'Ze menen dat de zaak bij ons thuis hoort?'
'Precies.'
De Cock zuchtte omstandig.
'Ik was er al bang voor dat de rechercheurs van het Remmerdenplein zouden gaan mekkeren. Ik ken dat gemier. Ik hoop alleen dat commissaris Buitendam zijn poot stijf houdt en de zaak Ter Abbestede niet terugdraait. Wij hebben al een moord op ons nek.'
De telefoon op het bureau van De Cock rinkelde. Vledder schoof zijn toetsenbord iets van zich af en nam de hoorn op. Even later legde de jonge rechercheur de hoorn op het toestel terug.
De Cock keek hem gespannen aan.
'Wie was dat?'
De ogen van Vledder glinsterden.
'Ben Kreuger van het hoofdbureau heeft zijn sporenonderzoek beëindigd. De dactyloscoop heeft in de woning van Jacqueline Verpoorten de verse vingerafdrukken gevonden van...' hij zweeg even voor het effect, 'Robert van Eijsden.'

De jonge rechercheur raadpleegde zijn notities.
'Ik geloof,' sprak hij blij, 'dat wij dit keer eens geluk hebben. Ik heb hem nagetrokken. Robert van Eijsden, zonder beroep, is negenentwintig jaar en komt in de politieadministratie voor terzake enkele diefstallen en het plegen van een reeks geweldplegingen.'
De Cock grijnsde.
'Een frisse jongen.'
Vledder keek hem hoopvol aan.
'Onze man?'
De Cock maakte een afwerend gebaar.
'We moeten voorzichtig zijn met die vingerafdrukken,' legde hij uit. 'Als Robert van Eijsden min of meer een vriendje van Jacqueline Verpoorten is geweest en regelmatig bij haar thuis kwam, dan zeggen die vingerdrukken niets over de moord. We kunnen ze dan niet als bewijs gebruiken.'
Vledder sputterde tegen.
'Hij was daar.'

'De vraag is: wanneer? We kunnen aan vingerafdrukken geen tijdstip verbinden.'
'En als wij kunnen bewijzen dat hij voordien nooit in haar woning is geweest?'
De Cock glimlachte.
'Dan zou ik samen met jou gaan jubelen.'
De oude rechercheur zweeg even.
'Hoe laat is vanmiddag de sectie op het lijk van Jacqueline Verpoorten?'
'Ik heb om twee uur een afspraak met dokter Rusteloos op Westgaarde. Ik zou...'
Vledder maakte zijn zin niet af. Er werd op de deur van de grote recherchekamer geklopt. Vledder riep: 'Binnen!'
De deur ging langzaam open en in de deuropening verscheen de gestalte van een vrouw. Ze was kort en gedrongen. De Cock schatte haar op ver achter in de veertig. Ze droeg een beige mantelpakje van vele modes terug en een omvangrijke hoed die koningin Beatrix zou hebben geflatteerd, maar die niet bij haar paste. Licht schommelend liep ze op De Cock toe en bleef met een sombere trek op haar gezicht bij hem staan.
De oude rechercheur kwam uit zijn stoel overeind. Met een beminnelijke glimlach om zijn lippen gebaarde hij naar de stoel naast zijn bureau.
'Neemt u plaats.'
Ze ging zitten en schoof haar rokje wat dichter naar haar knieën. Daarna keek ze op.
'U bent rechercheur De Cock?'
De grijze speurder knikte.
'De Cock, met... eh, met ceeooceekaa.'
Ze trok een grijns.
'Dan moet ik u hebben, zeiden ze bij ons in de buurt.'
'Waarvoor?'
Ze schudde bedroefd haar hoofd.
'Ik vind het zo erg. Toen ik het hoorde heb ik eerst een potje zitten janken. Zo'n lieve meid. Hoe haalt iemand het in zijn hoofd om zo'n kind van het leven te beroven. Dan moet je toch geen hart in je lijf hebben.'

De Cock glimlachte bescheiden.
'Naastenliefde is een schaars artikel,' sprak hij vriendelijk. 'Vermoedelijk is dat altijd al zo geweest. Mensen met een goed hart in hun lijf zijn zeldzaam.'
De vrouw tikte met haar rechtervuist op haar borst.
'Ik heb dit altijd laten kloppen.'
De Cock plukte aan het puntje van zijn neus.
'Dat lijkt mij zeer gezond,' reageerde hij een lach onderdrukkend.
Hij boog zich iets naar haar toe.
'Wie bent u?'
'Ik?'
'Ja.'
'Geertruida, Geertruida de Groot. Zeg maar Trui. Zo noemen ze mij altijd.'
De Cock keek haar strak aan.
'Als ik u goed heb beluisterd, dan sprak u over de dood van Jacqueline Verpoorten?'
Geertruida knikte.
'Ze woont op de Blauwburgwal. Ik bedoel, ze woonde op de Blauwburgwal pal boven mij... twee jaar ongeveer. Ze kwam uit een klein plaatsje in Drenthe. Toen dat woninkje boven mij vrij kwam, heeft zij dat gekregen. Ik deed wel eens wat voor Jacqueline, gewoon, als burenhulp. Dat zijn ze in Drenthe gewoon. Dat heet daar, geloof ik, nabuurschap.'
De Cock keek haar bewonderend aan.
'Heel goed.'
Geertruida hield haar handen omhoog.
'Ik hield haar woninkje schoon en maakte soms wat eten voor haar klaar. Het kind kwam er gewoon niet aan toe om zichzelf behoorlijk te verzorgen. Ze was steeds op pad naar vieze kerels die wat van haar wilden.'
De Cock trok zijn gezicht in een ernstige plooi.
'Ze opereerde als callgirl.'
Geertruida keek hem verrast aan.
'Heet dat zo?'
De Cock knikte traag.

'Call is het Engelse woord voor roepen. Jacqueline verscheen op afroep.'
Geertruida zuchtte.
'Toen ze pas boven mij kwam wonen, ging het nog wel. Toen had ze een of twee klantjes op een avond, maar die gozer die ze had leren kennen, wilde steeds meer geld zien. Ik geloof dat hij zwaar gokte of zoiets. Misschien was hij wel aan de drugs. Het was in ieder geval een ploert. Als Jacqueline niet wilde, dan sloeg hij haar. Ik heb wel eens tegen haar gezegd: sodemieter die gozer de deur uit. Maar ik denk dat ze dat niet durfde.'
'Kent u die gozer?'
'Hoe bedoelt u?'
'Zijn naam?'
Geertruida de Groot schudde haar hoofd.
'Ik ken zijn naam niet. Ik ben hem een paar maal op de trap tegengekomen. Vluchtig. Maar dat smerige ponem* van hem vergeet ik nooit van mijn leven.'
De Cock knikte begrijpend.
'Ontving Jacqueline ook wel eens klantjes thuis bij haar in de woning?'
Geertruida glimlachte vrolijk.
'Ik ben er nooit bij geweest, maar ik zag wel eens kerels beneden bij haar aanbellen, of ze liepen gelijk met mij de trap op naar boven.'
Ze grinnikte.
'Ik denk dat ze dat stiekem deed. Heel stiekem, op afspraak, wanneer ze wist dat die gozer van haar niet in de buurt was.'
'Om wat centjes voor haarzelf achter te houden.'
'Precies.'
De Cock veranderde van onderwerp.
'Is uw woning aan de Blauwburgwal gehorig?'
'Geertruida trok haar schouders iets op.
'Het is een oud huis met houten vloeren. Soms hoor je wat. Maar het is toch niet zo dat ik de gesprekken van mijn buren woord voor woord kan volgen.'

---

* bargoens voor gezicht

De Cock schoof zijn onderlip iets vooruit.
'Ook niet het geluid van mannenbezoek?'
Geertruida keek naar hem op.
'Ik weet wat u bedoelt, maar daar heb ik nooit iets van gemerkt.'
'Hebt u gisteravond iets gehoord?'
'Bij Jacqueline?'
'Ja.'
Ze schudde haar hoofd.
'Ik heb wel iemand de trap op horen sluipen.'
De Cock fronste zijn wenkbrauwen.
'Sluipen?'
Geertruida knikte.
'Mijn slaapkamer grenst aan de trap en die trap kraakt. Maar als iemand heel voorzichtig naar boven gaàt, kraakt hij minder.'
'En de trap kraakte minder?'
'Ja.'
'Hoe laat was dat?'
De vrouw trok een bedenkelijk gezicht.
'Ik heb niet op mijn horloge gekeken. Maar ik schat zo rond een uur of één. Ik kon gisteravond de slaap niet vatten. Ik was erg onrustig en een tikkeltje nerveus. Een voorgevoel... denk ik.'
Ze nam een kleine pauze.
'Het bezoek heeft ook niet lang geduurd, hooguit een minuut of vijf, misschien tien.'
De Cock hield zijn hoofd schuin.
'Te kort voor een... eh, een dienstverlening?'
'Ja, vind ik wel. Zo'n geintje duurt in de regel langer.'
'Kraakte de trap bij het weggaan van die persoon?'
'De man donderde als het ware de trap af. Ik dacht, die vent komt direct op zijn rug naar beneden.'
'Vent?'
Geertruida gebaarde met haar handen.
'Ik woon mijn hele leven al op de Blauwburgwal. Ik weet hoe die oude trap kraakt. Vrouwen lopen anders, dan kraakt die trap anders.'
'Daar kunt u zich niet in vergissen?'

'Absoluut niet.'
De Cock zuchtte omstandig. Hij zocht gespannen naar enig uitgangspunt voor zijn onderzoek. Hij boog zich opnieuw naar haar toe.
'Hebt u wel eens een vertrouwelijk gesprek met Jacqueline gevoerd, heeft zij u wel eens iets gezegd wat voor mijn onderzoek belangrijk zou kunnen zijn?'
Geertruida maakte een hulpeloos gebaar.
'Jacqueline was nogal gesloten... in zichzelf gekeerd. Een eigenheimer, zeggen ze in Amsterdam, en daar bedoelen ze dan geen piepers mee. Ze was wel bang... bang dat haar iets zou overkomen.'
'Heeft Jacqueline wel eens iets over die angst tegen u gezegd?'
Geertruida schudde haar hoofd.
'Niet direct over haar angst. Maar een paar dagen geleden zei ze tegen mij: als ik met mijn voet hard op de vloer stamp, kunt u dat beneden horen? Ik zei: ja, dat hoor ik wel. Als ik stamp, zei ze, wilt u dan de politie voor mij bellen? Dat... eh, dat hebt ik haar beloofd.'
Ze keek naar De Cock op. Haar ogen vulden zich met tranen.
'Ze heeft gisteravond niet gestampt.'

5

Vledder kwam met een verveeld gezicht de grote recherchekamer binnenstappen. De jonge rechercheur slofte loom naderbij en liet zich diep zuchtend in zijn stoel achter zijn bureau zakken.
De Cock keek hem met verwonderde blik aan.
'Stond je in de file?' vroeg hij bezorgd.
Vledder knikte.
'Ook dat.'
'Hoe was de sectie?'
De jonge rechercheur tastte in de zijzak van zijn colbert, nam daaruit een doorschijnende plastic zak en wierp die De Cock toe.
'Souvenir van dokter Rusteloos. De roze sjaal om de hals van Jacqueline Verpoorten. Hij gaf de sjaal mee. Misschien, zei hij, hebben jullie er iets aan voor je onderzoek.'
'Staat er een merk in?'
Vledder haalde zijn schouders op.
'Ik heb hem nog niet goed bekeken.'
'Secties,' verzuchtte hij toen met een somber gezicht, 'ik vind het telkens weer een vervelende klus. Het is steeds hetzelfde. Hoeveel gewurgde vrouwen heb ik de laatste jaren door dokter Rusteloos zien opensnijden? Ik geloof dat ik zo langzamerhand zelf in staat ben om een gerechtelijke sectie te verrichten.'
De Cock glimlachte.
'Vledder,' riep hij spottend, 'onze nieuwe patholoog-anatoom.'
Hij gniffelde. 'Ik denk niet dat justitie ermee akkoord zou gaan als jij als lijkensnijder ging opereren.'
Het gezicht van de jonge rechercheur fleurde wat op.
'Een witte jas, een paar gummihandschoenen en een stel lancetten. Meer heb je niet nodig.'
'Geen baan voor mij,' sprak De Cock hoofdschuddend.

Vledder leunde in zijn stoel achterover.
'Dokter Rusteloos was vandaag gelukkig wel aanspreekbaar. Er kon zelfs af en toe een glimlach af. Ik had de gore moed hem te vragen hoeveel lijken hij in zijn lange leven al had opengesneden. Toen zei Rusteloos op zijn eigen nasale toontje: als ze allen nog leefden zou men er een aardig dorp mee kunnen bevolken.'
De Cock lachte vrijuit.
'Ik kan mij levendig indenken welk gezicht hij daarbij trok.'
Hij veranderde van toon.
'Gebroken kraakbeenringetjes,' vroeg hij ernstig, 'van de luchtpijp?'
Vledder knikte.
'Ook dokter Rusteloos was van mening, gezien de diepe insnoeringen van de sjaal aan de hals van het slachtoffer, dat de dader over veel kracht beschikte.' Hij grijnsde grijnsde. 'Hij was het niet eens met mijn zienswijze, dat de dader beslist groter moet zijn geweest dan het slachtoffer. Hij wees mij er terecht op, dat strangulatiestriemen in de richting van de oren ook ontstaan wanneer het slachtoffer zittend wordt gewurgd.'
De Cock trok een ernstig gezicht.
'Zo zie je dat je van zo'n oude lijkensnijder nog wat kan leren. Overigens... het is heel goed mogelijk dat Jacqueline Verpoorten zittend van het leven werd beroofd en daarna van de bank is gerold. Dat komt overeen met de plek waar wij haar vonden.'
Vledder knikte.
'Jacqueline Verpoorten moet in de man of vrouw die haar vermoordde, geen gevaar hebben gezien. Ze heeft zich niet verweerd, ze heeft niet geroepen en vooral... ze heeft niet gestampt.'
'Zij heeft hem of haar goed gekend, dacht je?'
Vledder knikte.
'Die overtuiging heb ik.'
De Cock nam een notitie uit een lade van zijn bureau.
'Ik heb nog een nieuwtje voor je. Zoals wij haar vriendelijk hebben verzocht, heeft buurvrouw Geertruida de Groot aan het hoofdbureau de Herkenningsdienst bezocht. Ze hebben haar

een paar series foto's getoond, en weet je van wie zij het "smerige ponem" herkende?'
Vledder keek hem gespannen aan.
'Robert van Eijsden?'
De Cock knikte.
'Met overtuiging.'
Vledder schudde zijn hoofd.
'Dan hebben de vingerafdrukken die Ben Kreuger van hem vond, voor ons geen waarde meer.'
De Cock maakte een grimas.
'Tenzij die Robert van Eijsden later om wat voor redenen dan ook, beweert dat hij Jacqueline Verpoorten nooit heeft gekend.'
'Dat zou stom zijn.'
'Als er geen domme verdachten waren,' riep De Cock vrolijk, 'losten wij nooit een zaak op.'
Vledder maakte een afwerend gebaar.
'Niet al onze verdachten waren stom. Ik heb er nog wel een paar in herinnering die helemaal niet...'
Hij maakte zijn zin niet af. Er werd op de deur van de grote recherchekamer geklopt en Vledder riep: 'Binnen!'
De deur ging open en in de deuropening verscheen een jonge vrouw. Ze bleef daar even staan, rechtop, bewust, met de handen uitdagend in haar zij.
De Cock sloeg haar secondenlang geamuseerd gade. Zelfbewuste vrouwen fascineerden hem. De oude rechercheur schatte haar op achter in de twintig. Ze was opzichtig gekleed in een rode nauwsluitende pantalon van een glimmende stof. Daarboven droeg ze een open jack van rood glanzend leer en een witte blouse met een laag decolleté.
Met een wat slepende tred kwam ze heupwiegend naderbij. Bij het bureau van De Cock bleef ze staan.
De oude rechercheur keek naar haar op. Haar make-up met donkere oogschaduw en felrode lippen was, zo vond hij, te nadrukkelijk. Haar groene ogen glansden van de belladonna.
Ze zwaaide even met haar geblondeerde haren en keek schattend op De Cock neer.
'Een al wat oudere heer met een tikkeltje sex-appeal,' sprak ze

met een zwoele stem. 'Zo werd u door Trui, de buurvrouw van Jacqueline Verpoorten, omschreven.'
Ze gniffelde.
'Buurvrouw Trui heeft een goed waarnemingsvermogen.'
De Cock liet de omschrijving voor wat die was. Hij gebaarde naar de stoel naast zijn bureau.
'Wilt u erbij gaan zitten?'
Ze schikte iets aan haar jack en nam plaats.
'Ik wil even met u babbelen over Jacqueline. Er zijn wellicht dingen die u nog niet weet.'
De Cock gebaarde in haar richting.
'Wie bent u?'
Ze spreidde haar wat mollige armen.
'Ik ben Henriëtte... Henriëtte Vermeer,' opende zij vrolijk. 'Mijn hoofdbezigheid is het behagen van mannen. Niet omdat ik dat leuk vind, maar het is mijn manier om aan de kost te komen.'
De Cock schoof zijn onderlip iets naar voren.
'Uw beroep is mij volkomen duidelijk.'
Henriëtte Vermeer duimde over haar schouder.
'Ik hoorde vanmiddag van buurvrouw Trui dat een of andere idioot Jacqueline heeft gemold.'
De Cock fronste zijn wenkbrauwen.
'Kent u buurvrouw Trui?'
Henriëtte knikte.
'Ik ken buurvrouw Trui bijna net zolang als ik Jacqueline ken.'
'Waarom was u daar aan de Blauwburgwal? Wilde u Jacqueline bezoeken?'
'Ik bezocht haar dikwijls. Jacqueline en ik zijn, waren, min of meer bevriend. Ik ken Jacqueline al vanaf het moment dat zij als een onnozel wicht vanuit het mooie Drenthe in Amsterdam neerstreek.'
De Cock glimlachte.
'U maakte haar wegwijs?'
Henriëtte aarzelde even en knikte toen opnieuw.
'Ik... eh,' antwoordde ze aarzelend, 'ik maakte haar wegwijs in het wereldje, waarvan ik bij voorbaat wist dat zij daarin terecht zou komen.'

'Als onnozel wicht?'
'De argeloosheid straalde uit haar ogen,' grinnikte Henriëtte.
De Cock knikte begrijpend.
'Hoelang duurde het voor Jacqueline in de prostitutie duikelde?'
Henriëtte zwaaide.
'Nog geen maand. Omdat ik niet wilde dat zij ergens op de Wallen achter een of ander raam terechtkwam, heb ik haar bij een escortbureau laten inschrijven.'
'Welk?'
'Lovable.'
'Aan de Singel?'
'Ja.'
De Cock strekte zijn wijsvinger naar haar uit.
'Bent u aan Lovable verbonden?'
'Een goed bureau, vind ik,' zei Henriëtte. 'Men is er voorzichtig. Niet alle aanvragen worden gehonoreerd en vreemde wensen worden niet ingewilligd.'
'Hoe deed Jacqueline het?'
'Als callgirl?'
'Dat bedoel ik.'
'Goed.'
De Cock keek haar onderzoekend aan.
'Ik... eh, ik mis wat aan u,' sprak hij bedachtzaam.
Henriëtte trok haar schouders iets op.
'Zeg het maar,' sprak ze nonchalant. 'Wat mankeert er aan mij?'
De Cock aarzelde even.
'U... eh,' sprak hij hoofdschuddend, 'u bent niet erg onder de indruk van de dood van uw vriendin. Ik zie en hoor geen spoor van verdriet.'
Henriëtte keek naar hem op.
'Ik ben ook niet onder de indruk,' reageerde ze koel. 'Haar dood heeft mij niet verrast. Ik wist dat het eens zou gebeuren.'
De Cock fronste zijn wenkbrauwen.
'U wist,' riep hij verbaasd, 'dat het eens zou gebeuren?'
Henriëtte knikte.
'Ik kan u ook vertellen hoe ze is gemold... gewurgd met een sjaal.'

De Cock drukte zijn verwarring weg.
'Waar haalt u die wijsheid vandaan?'
Henriëtte zuchtte diep.
'Ik heb meer dan vijf jaar omgang gehad met een man, Karel, een boom van een vent. Een knap smoel en een kei in bed.'
Om haar mond gleed een glimlach.
'Als vrouw zou je dan tegen jezelf moeten zeggen: meid wat wil je nog meer?'
Ze schudde haar hoofd.
'Maar zo zit het leven niet in elkaar. Ik kwam op een dag een aardig gozertje tegen, eigenlijk nog een broekie. Ik viel op hem. Toen mijn eigen Karel erachter kwam dat ik meer belangstelling had voor dat broekie dan voor hem... was mijn lot bezegeld.'
De Cock trok een vies gezicht.
'Uw lot was bezegeld?' herhaalde hij niet-begrijpend.
Henriëtte knikte.
'Karel bezwoer me dat hij mij koud zou maken als ik met dat broekie verder ging.'
'En u ging verder?'
'Ik nam de opmerking van Karel niet serieus. Mannen zeggen wel meer dingen die ze niet nakomen. Maar niet veel later sloeg hij werkelijk een sjaal om mijn hals en trok die van achteren stijf aan. Ik besefte op dat moment dat mijn einde was gekomen.'
'En?'
'Ik heb werkelijk het geluk van de wereld gehad, dat op dat moment Jacqueline aanklopte, anders had ik hier nu niet gezeten,' zei Henriëtte met een vage glimlach om haar mond.
De Cock hield zijn hoofd iets schuin.
'Het was naar uw gevoel een serieuze moordpoging?'
'Absoluut.'
'Heeft Jacqueline daar iets van gezien... bemerkt?'
Henriëtte schudde haar hoofd.
'Karel had de sjaal weer om zijn eigen nek toen Jacqueline binnenkwam. Ik had striemen in mijn hals. Maar die heb ik haar nooit laten zien.'

'U hebt haar ook niet verteld wat er met u was gebeurd?'
'Nee.'
'Ook niet later?'
Henriëtte schudde weer haar hoofd.
'Ik ben vrijwel onmiddellijk daarna gevlucht, de stad uit. Maanden heb ik mij niet laten zien. Tot ik hoorde dat mijn Karel met Jacqueline had aangepapt. Toen durfde ik mij weer te vertonen.'
De Cock keek haar onderzoekend aan.
'Hebt u van die poging tot verwurging aangifte gedaan bij de politie?'
'Nee.'
'Waarom niet?'
Ze verschoof iets op haar stoel.
'Ik heb daar wel aan gedacht. Maar ik besefte dat ik het nooit waar kon maken. Er was niemand bij. Er waren geen getuigen.'
'U had toch striemen in uw nek?'
Henriëtte maakte een hulpeloos gebaar.
'Ons soort meisjes denkt niet direct aan de politie. Luitjes van het gezag behoren niet tot onze vriendenkring. Toen ik wel aan de politie dacht was er van die striemen niet veel meer te zien.'
De Cock zweeg. Hij trok een diepe denkrimpel in zijn voorhoofd.
'Jacqueline Verpoorten,' ging hij toen gedragen verder, 'heeft omgang gehad met jouw Karel... de man die jou probeerde te wurgen?'
'Ja.'
'Dat is... was uit?'
'Wat bedoelt u?'
'Tussen Jacqueline en Karel?'
'Jacqueline liet haar oog vallen op ene Robert van Eijsden. In mijn ogen een kwal van een vent,' zei Henriëtte.
'En Karel?'
Ze grijnsde.
'U mag raden.'
De Cock slikte.
'Hij... eh, hij bezwoer Jacqueline dat hij haar koud zou maken als zij haar relatie met die Robert van Eijsden voortzette.'

47

'Juist.'
'En Jacqueline nam dat niet serieus.'
'Nee.'
'Jacqueline zette haar relatie met Robert van Eijsden gewoon voort?'
'Precies.'
De Cock kneep even zijn ogen dicht.
'Het werd haar dood.'
Henriëtte keek hem grijnzend aan.
'Voor een rechercheur,' sprak ze spottend, 'ben je toch vlug van begrip.'

Vledder tikte op een notitie voor zich op zijn bureau.
'Ik heb hem bij onze administratie opgevraagd.'
'En?'
'Karel van Montfoort,' las hij hardop, 'oud zevenendertig jaar, ongehuwd, één veroordeling terzake diefstal en twee terzake mishandeling.'
De Cock luisterde.
'Meer niet?'
Vledder schudde zijn hoofd.
'Vind je het niet genoeg?'
De Cock negeerde de opmerking.
'Wie waren de slachtoffers van zijn mishandelingen?'
'Vrouwen.'
De Cock schoof zijn onderlip naar voren.
'Wurgpogingen?'
Vledder schudde zijn hoofd.
'Klappen. Blijkbaar niet ernstig. Hem werden eenvoudige mishandelingen ten laste gelegd.'
De Cock knikte begrijpend.
'We kunnen die mishandelde vrouwen eens benaderen. Wellicht krijgen we dan een beter beeld van de hardhandige Karel van Montfoort.'
'Wil je hem niet arresteren?'
'Op basis van het verhaal van Henriëtte Vermeer?' vroeg De Cock verwonderd.

Vledder knikte.
'Ik vind het ernstig genoeg. Ik had het idee dat ook jij onder de indruk was van haar betoog.'
'Dat was ik ook,' sprak De Cock ernstig, 'en dat ben ik ook nu nog. Maar alleen de getuigenis van Henriëtte Vermeer acht ik als bewijsvoering totaal onvoldoende. Zelfs de sloomste advocaat schiet daar met het grootste gemak voltreffers op af.'
'Laat je hem als verdachte vallen?'
De Cock schudde zijn hoofd.
'Absoluut niet. Vraag de processen-verbaal tegen hem terzake eenvoudige mishandeling eens op. Ik vind het bijzonder. Mishandelde vrouwen doen in de regel geen aangifte. Zeker niet als er sprake is van een relatie.'
De telefoon op het bureau van De Cock rinkelde. Vledder nam de hoorn op en luisterde. Al na enkele seconden legde hij de hoorn op het toestel terug.
De grijze speurder keek hem schattend aan.
'Wie was dat?'
'De wachtcommandant.'
'En?'
Vledder gebaarde naar de vloer.
'Beneden voor de balie staat Karel van Montfoort. Hij wil met je praten.'

6

De Cock steunde met zijn ellebogen op zijn bureau en legde zijn kin in het kommetje van zijn handen. In die berustende houding keek hij toe hoe de man vanaf de deur van de grote recherchekamer naar zijn bureau stapte.
Karel van Montfoort, zo constateerde hij, was inderdaad een boom van een vent. Zijn brede schouders leken uit zijn colbert te barsten.
Van een knap smoel kon de oude rechercheur niet veel ontdekken. De brede kin van de man stond iets scheef en de rug van zijn neus liep te ver door. Het flinterdunne vlashaar op zijn hoofd toonde diepe inhammen. De Cock ontdekte bij zichzelf dat het beoordelen van manlijk schoon niet tot zijn favoriete bezigheden behoorde.
Eerst toen de man naast zijn bureau stilhield, nam hij zijn ellebogen van zijn bureau en keek op.
'Goedemiddag,' opende hij vriendelijk.
De man blikte op hem neer.
'Bent u rechercheur De Cock?'
De grijze speurder knikte.
'De Cock met... eh, met ceeooceekaa.' Hij gebaarde voor zich uit. 'En dat is mijn jeugdige collega Vledder. Wij hebben geen geheimen voor elkaar. U kunt vrijuit praten.'
De man aarzelde even. Daarna nam hij, zonder daartoe te zijn uitgenodigd, naast het bureau van De Cock plaats. De houten stoel kraakte onder zijn gewicht.
'Ik ben Karel,' sprak hij met een bromtoon. 'Karel van Montfoort. Ik heb begrepen dat u belangstelling voor mij hebt.'
De Cock veinsde onbegrip.
'Wat brengt u op die gedachte?'
Karel van Montfoort antwoordde niet direct. Hij keek van De Cock naar Vledder en terug.
'Ze is toch hier geweest?'

'Wie?'
'Henriëtte... Henriëtte Vermeer.'
'Wie heeft u dat verteld?'
De grote man zwaaide met zijn machtige rechterarm.
'Zij, Henriëtte. Zij belde mij en zei dat ik uw komst kon verwachten.'
'Inzake wat?'
Karel blikte wat nerveus om zich heen.
'Jacqueline Verpoorten.'
De Cock vuurde zijn vragen in een snel tempo af.
'Wat is er met Jacqueline Verpoorten?'
'Henriëtte vertelde mij dat Jacqueline in haar woning op de Blauwburgwal was vermoord en dat u die zaak in onderzoek had.'
De Cock keek de man strak aan.
'Wat hebt u met die moord te maken?'
Het gezicht van Karel kleurde.
'Niets,' riep hij fel. 'Helemaal niets.'
'U had een relatie met haar.'
'Ik heb met vele vrouwen een relatie gehad,' reageerde Karel verbeten. 'Jacqueline was daar een van. Het is of de duivel ermee speelt... op een of andere manier kom ik steeds weer in contact met vrouwen die aan de zelfkant van het leven opereren.'
'Uw eigen vrije keuze.'
'Dat weet ik,' beaamde Karel. 'Maar juist die vrouwen zijn zo wispelturig, zo onberekenbaar. Een tijdlang ben je alles voor hen, prijzen ze je de hemel in, is er geen betere vent op aarde. En plotseling laten ze je vallen als een baksteen.'
De Cock gniffelde.
'Hun gedrag is u niet welgevallig?'
Karel haalde zijn schouders op.
'Laten die vrouwen gewoon tegen je zeggen dat ze je niet meer willen. Oké, dan is het over. Maar ze pappen achter je rug om eerst een tijdje met een ander aan. Dat is voor een man, vind ik, heel vernederend.'
Hij grinnikte.
'Vroeger kon ik dat niet verdragen. Ik heb ze wel eens een paar

optaters verkocht. Daar ben ik ook een paar maal voor veroordeeld.'
Hij keek naar De Cock op.
'Dat zult u inmiddels wel weten, neem ik aan.'
De oude rechercheur knikte.
'Henriëtte Vermeer,' sprak hij ernstig, 'is ervan overtuigd dat u Jacqueline Verpoorten heeft vermoord... gewurgd met een sjaal.'
'Onzin... klinkklare onzin,' zei Karel hoofdschuddend. 'Henriette Vermeer is een van de vrouwen die mij in het verleden hebben belazerd. Terwijl ik een relatie met haar had, legde ze het aan met een lullig bleek kereltje... een kind nog. Na een knallende ruzie zijn we uit elkaar gegaan. Sindsdien vertelt zij aan eenieder die het maar horen wil, dat ik zou hebben geprobeerd haar te wurgen.'
De Cock knikte bevestigend.
'Dat heeft ze ons ook verteld. En haar verhaal klonk heel geloofwaardig.'
Karel produceerde een meelijwekkend lachje.
'Ik had toch gedacht,' sprak hij schamper, 'dat u als rechercheur een beter inzicht had. Henriëtte Vermeer is een fantaste. Ze leeft in een schijnwereldje. Niets is echt bij haar. Toen ze hoorde dat Jacqueline was vermoord, is haar fantasie weer eens op hol geslagen.'
'En daarin kreeg u de rol van dader toebedeeld?'
'Tijdens het telefoongesprek dat ik vanmiddag met haar voerde,' sprak Karel kalm, 'beschuldigde Henriëtte mij van de moord op Jacqueline Verpoorten. Ik begreep dat zij die beschuldiging ook tegen u had uitgesproken. Daarom heb ik onmiddellijk een taxi gebeld en heb mij naar de Warmoesstraat laten rijden.'
'Om de zaak recht te zetten?'
Karel van Montfoort schudde zijn hoofd.
'Om u de waarheid te vertellen.'
Hij boog zich iets naar De Cock toe.
'Zegt u het maar. Wilt u dat ik blijf?'
De Cock antwoordde niet direct. Na een paar seconden gleed er een glimlach om zijn lippen.

'Ik beken u eerlijk, dat ik in mijn lange carrière als rechercheur nog nooit een verdachte heb ontmoet die mij deze vraag stelde.'
Karel keek hem gespannen aan.
'En uw antwoord?'
De Cock ontweek de vraag.
'Hebt u,' vroeg hij uiterst vriendelijk, 'enig idee in welke richting ik de moordenaar van Jacqueline Verpoorten zou moeten zoeken?'
Karel staarde enige tijd voor zich uit.
'Jacqueline was nymfomaan... manziek. Ik had dat eerst niet door. Op het moment dat ik haar nymfomanie besefte, was ik niet kwaad meer om het feit dat zij mij voortdurend met anderen bedroog. Ik heb toen wel mijn relatie met haar verbroken.'
De Cock plukte aan zijn neus.
'Ik zoek haar moordenaar dus niet bij u?'
'Niet bij mij,' antwoordde Karel rustig, waarbij hij zijn hoofd langzaam schudde. 'Ik heb haar niet vermoord. Diep in mijn hart houd ik nog van haar. Tegen beter weten in. Ik ben bang dat geen man ooit gelukkig met haar zal worden.'
'Ook Robert van Eijsden niet?'
'Dat is die kwal van een vent met wie zij de laatste keer omging,' zei Karel glimlachend.
'Precies.'
Karel trok zijn brede schouders iets op.
'Ik denk dat hij haar ziekte accepteert en daarvan profiteert.'
'Mogelijk.'
Karel bracht zijn gezicht in een ernstige plooi.
'Zal ik u eens een aanwijzing geven?'
'Graag.'
Karel haalde diep adem.
'In Drenthe, in het dorp waar Jacqueline vandaan komt, was ze geruime tijd verloofd met een zoon van een rijke boer. Ze heeft die jongen zo vaak en zo openlijk bedrogen, dat hij door iedereen voor dorpsgek werd uitgekreten. Omdat die jongen en ook zijn broers haar met de dood bedreigden, is ze naar Amsterdam gevlucht.'

'Gevlucht?'
Karel knikte.
'Ik ben nooit bij Jacqueline ingetrokken. Ik woonde en woon niet ver van Jacqueline vandaan in de Korsjespoortsteeg.'
Hij zweeg even.
'Vorige week stond ze gillend bij mij thuis voor de deur. In paniek. Ze had die verloofde van haar uit Drenthe op de Blauwburgwal zien lopen.'

'Je liet hem gaan. Je liet hem gewoon gaan.'
De Cock keek zijn jonge collega verwonderd aan.
'Wat had ik dan moeten doen... hem een straatverbod opleggen, zodat mooie Karel niet meer in de omgeving van gevaarlijke callgirls en prostituees kan komen?'
Vledder gebaarde heftig.
'Je weet best wat ik bedoel,' riep hij kwaad. 'Karel van Montfoort is tot wurgen in staat. Dat bewijst het verhaal van Henriëtte Vermeer.'
'Een fantaste.'
'Dat zegt Karel.'
De Cock zuchtte.
'Het is zijn opinie en hij kent Henriëtte Vermeer beter dan wij.'
Vledder snoof.
'Karel van Montfoort probeert alleen haar verhaal te ontkrachten. En als ik jouw reactie peil, dan is dat hem aardig gelukt. Voor dat verhaal van hem over die Drentse boerenzoon geef ik ook geen stuiver.'
'Dat is na te gaan,' sprak De Cock schouderophalend. 'Een man die in zijn omgeving voor dorpsgek werd versleten, moet te achterhalen zijn.'
'Geloof jij iets van dat verhaal?'
'Ik wil eerst weten of ook Henriëtte Vermeer dat verhaal over die Drentse boerenzoon kent. Zij is kort nadat Jacqueline Verpoorten in Amsterdam arriveerde enige tijd vertrouwelijk met haar omgegaan. Wellicht heeft Jacqueline haar verteld waarom ze Drenthe was ontvlucht.'
'En als Henriëtte Vermeer dat verhaal bevestigt?'

De Cock glimlachte.
'Dan hebben we er nog een verdachte bij.'
De oude rechercheur stond op en slenterde naar de kapstok.
Vledder kwam hem na.
'Waar ga je heen?'
De Cock trok een grijns.
'Smalle Lowietje... mijn droge keel snakt naar het fluweel van een cognackie.'

De Cock en Vledder slenterden zij aan zij vanuit het politiebureau door de Warmoesstraat naar de Lange Niezel. Het was warm en drukkend. Na een reeks regenachtige dagen was in de middag plotseling de zon door de wolken geschoten. Fel en vurig, in volle glorie. Het was alsof ze in enkele uren haar achterstand van maanden wilde goedmaken.
De Cock bromde.
'De zomer valt dit jaar op donderdag.'
Vledder lachte.
'En volgend jaar?'
De oude rechercheur antwoordde niet. Hij blikte verwonderd om zich heen. Het was ongewoon stil op de Wallen. Aanlokkelijk uitgedoste hoertjes zaten verveeld in hun zachtroze etalages. De al wat belegen prostituees hadden een breiwerkje op schoot en namen niet eens de moeite om de aandacht op zich te vestigen. Sommigen lazen een romannetje. De vraag was gering en het aanbod groot.
'Het zal toch niet waar zijn,' riep De Cock vrolijk grinnikend. 'Malaise in de prostitutie?'
Vledder schudde zijn hoofd.
'Het is nog te vroeg. De stroom behoeftigen moet nog op gang komen.'
De Cock liet het onderwerp rusten. Beleefd lichtte hij zijn hoedje voor bekende hoertjes, die vanachter hun ramen vrolijk naar hem wuifden.
Op de hoek van de Achterburgwal en de Barndesteeg schoven de rechercheurs het etablissement van Smalle Lowietje binnen.
Het was er intiem, schemerig en aangenaam koel.

Lowietje, wegens zijn geringe borstomvang in penozekringen steevast Smalle Lowietje genoemd, veegde zijn handjes langs zijn morsige vest en begroette de rechercheurs hartelijk. Zijn vriendelijke muizensmoeltje glom van pure genegenheid.
'Een tijd niet gezien,' kirde hij. 'Konden jullie de weg naar mijn etablissement nog vinden?'
De Cock knikte.
'Met een blinddoek voor.'
Smalle Lowietje lachte.
'Druk aan de Kit?'
De Cock hees zich moeizaam op een kruk.
'Misdaad,' sprak hij somber, 'is in tijden niet zo lucratief, zo rendabel geweest als nu. Ergo kunnen wij het werk niet aan.'
Vledder keek hem van terzijde aan.
'Zullen we samen van stiel veranderen en een misdadig lijntje opzetten? Met onze kennis van het metier kunnen wij het ver schoppen.'
Smalle Lowietje glimlachte.
'Jullie hebben je gezicht niet mee.' Hij strekte zijn wijsvinger naar De Cock uit.
'Hetzelfde recept?'
Zonder op antwoord te wachten dook hij aalglad onder de tapkast en kwam tevoorschijn met een fles verrukkelijke Franse cognac Napoleon, die hij met een gebaar van intense voldaanheid voor zich op de bar zette. Zijn vingertjes streelden de hals.
'Ik zal voor jou vechten om ze in voorraad te houden.'
Zijn stem trilde van toewijding.
De Cock keek naar hem op.
'Lowie,' sprak hij plechtig, 'mijn hart trilt van ontroering.'
Met een reeks routinegebaren zette de caféhouder drie diepbolle glazen op de bar en schonk klokkend in.
De Cock keek ernaar en genoot. Hij vertoefde graag in het café van Smalle Lowietje, een man die hij om zijn deugden, maar misschien nog meer om zijn ondeugden, als zijn vriend beschouwde.
Toen de caféhouder zijn ceremonie had voltooid, nam de grijze speurder het bolle glas op en warmde de cognac schomme-

lend in de kom van zijn hand. Met gesloten ogen snoof hij de prikkelende geur op en liet het gouden vocht met een expressie van opperste verrukking op zijn grove gezicht door zijn keel glijden.
'Zoals ik het zie,' sprak hij vol pathos, 'beleef ik als drager van het gezag bij jou, Lowie, de mooiste momenten van de dag.'
Lowietje glunderde.
'De Warmoesstraat,' jubelde hij blij, 'de Warmoesstraat heeft in jou een tweede Joost van den Vondel.'
De Cock lachte.
'Joost had in de Warmoesstraat een kousenwinkel. Daar kun je mijn business niet mee vergelijken.'
'Maar je dicht even statig.'
De Cock wuifde alle malligheid weg. Hij zette zijn glas neer en boog zich iets naar voren.
'Ken jij Karel van Montfoort?'
Smalle Lowietje keek even om zich heen. De tengere caféhouder stond niet graag als verklikker te boek.
'Mooie Karel.'
'Noemt men hem zo?'
Smalle Lowietje maakte een grimas.
'Ik weet niet wat vrouwen in hem zien, maar de meiden van de Wallen zijn mesjokke van hem. Als hij wil heeft hij er tien aan elke vinger.'
'Zo erg?'
Smalle Lowietje knikte.
'Ik weet niet hoeveel hij er al versleten heeft. Voor hem spookt het bij die meiden op de vliering. Ik heb ze hier aan de bar zien zwijmelen.'
'Hoe staat hij bekend. Ik bedoel buiten zijn overdosis aan sexappeal?'
Smalle Lowietje tuitte zijn lippen.
'Niet slecht.'
'Gewelddadig?'
Lowietje grijnsde.
'Hij heeft wel eens een van die meiden een hengst verkocht, maar dan had ze het er ook wel naar gemaakt.' De tengere ca-

féhouder keek naar hem op. 'Zoek... eh, zoek je hem ergens voor?'
De Cock maakte een hulpeloos gebaar.
'Zijn naam wordt genoemd inzake een moord.'
'Op een hoertje?'
'Een callgirl.'
Smalle Lowietje trok een bedenkelijk gezicht.
'Als ze hem flink hebben getreiterd...' Hij maakte zijn zin niet af. 'Karel van Montfoort is zo sterk als een beer.'
De Cock wees naar zijn glas.
'Schenk nog eens in, Lowie. En... eh, gooi hier en daar eens een visje voor me uit. Ik heb geen concrete bewijzen tegen Karel van Montfoort. Een vroegere vlam van hem tipt hem als dader.'
'Henriëtte Vermeer?'
'Hoe weet jij dat?' vroeg De Cock verrast.
Smalle Lowietje snoof.
'Ik zou er niet te serieus op ingaan. Die meid heeft soms de kolder in haar kop.'
Smalle Lowietje nam de fles Napoleon opnieuw ter hand.
'Ik zal eens kijken wat ik voor je kan doen.'
De Cock nam zijn glas op.
'Wel eens gehoord van ene Robert van Eijsden?'
'Een goor mannetje... is overal voor in,' sprak Lowietje met een vies gezicht.
'Zoals?'
Smalle Lowietje antwoordde niet direct.
'Er wordt gefluisterd,' sprak hij zacht, 'dat je bij hem alles kunt bestellen.'
'Alles?'
Smalle Lowietje knikte.
'Voor een paar rooie ruggen*... zelfs een moord.'
De Cock kneep zijn wenkbrauwen samen.
'Die hij zelf uitvoert?'
'Ja.'

---

* Bargoens voor bankbiljetten van duizend gulden

'Huurmoordenaar?'
Smalle Lowietje knikte traag.
'Robert van Eijsden, zo wordt gezegd, levert moord op bestelling.'

7

Met de opwekkende gloed van twee cognackies in hun aderen liepen de rechercheurs over de walletjes terug naar de Kit. Het was er aanmerkelijk drukker dan een uurtje tevoren. De bevrijdende avondkoelte bracht eindelijk het koor van behoeftige mannen op de been. De vele toegeschoven gordijnen duidden op hoertjes in vol bedrijf. En bij de kersverse Indira, een exotische schoonheid uit Nigeria, stonden mannen in de rij.
Vledder blikte opzij.
'Geen beste, die Robert van Eijsden... een reeks antecedenten en volgens Smalle Lowietje staat hij ook nog bekend als huurmoordenaar.'
'Lowietje was overigens wel erg voorzichtig,' antwoordde De Cock. 'Hij zei niet ronduit dat Robert van Eijsden een huurmoordenaar was. Hij sprak van: er wordt gefluisterd. In de regel is de caféhouder ondubbelzinniger in zijn uitspraken.'
Vledder lachte.
'Ik denk niet dat Robert van Eijsden als huurmoordenaar in de Gouden Gids staat of met een website op internet. Wilt u van uw kwelgeesten verlost worden... klik hier. En dan volgt er een telefoonnummer dat je kunt bellen om je bestelling op te geven.' De jonge rechercheur schudde gniffelend zijn hoofd. 'Een zot idee.'
De Cock trok een bedenkelijk gezicht.
'Het zou mij niets verbazen als het eens zover kwam. In Amerika bestond in de jaren dertig onder leiding van de beruchte Albert Anastasia al een zogeheten Murder Incorporation. Het was een serieuze instelling, waar men moorden kon bestellen die door professionals werden uitgevoerd.'
Vledder schudde zijn hoofd.
'Toch schijnt moord maar weinig op te leveren.'
'Hoe bedoel je?' vroeg De Cock.
'Als Robert van Eijsden zijn Jacqueline Verpoorten moet dwin-

gen om mee te werken aan een ordinaire beroving, dan is het beroep van huurmoordenaar blijkbaar geen lucratieve bezigheid.'
De Cock negeerde de opmerking.
'Het lijkt mij toch zinnig om de recherche van bureau Remmerdenplein op die Robert van Eijsden attent te maken. Mogelijk is hij betrokken bij de moord op Leonidas ter Abbestede.'
'Als hij daar veel geld aan heeft verdiend, dan kan hij zich nog wel een poosje schuilhouden,' antwoordde Vledder. 'Bijvoorbeeld ergens in Zuid-Frankrijk.'
Zwijgend slenterden de rechercheurs via de Oude Kennissteeg naar het Oudekerksplein en vandaar via de Enge Kerksteeg naar de Warmoesstraat.
Toen ze de hal van het politiebureau binnenstapten, wenkte Jan Kusters hen vanachter de balie met een kromme vinger.
De Cock liep op hem toe.
'Narigheid?' vroeg hij argwanend.
De wachtcommandant schudde zijn hoofd.
'Boven zit al bijna een halfuur een knappe jonge vrouw op je te wachten.'
'Knap?'
Jan Kusters knikte nadrukkelijk.
'Daar heb ik kijk op.'
'Wat wil ze?'
De wachtcommandant schudde zijn hoofd.
'Dat heb ik niet gevraagd. Ze vroeg naar jou. Toen ik haar duidelijk maakte dat jij er niet was, trok ze haar schouders op. Dan wacht ik gewoon, zei ze, tot hij komt.'
De oude rechercheur grinnikte.
'Dan zal het wel belangrijk zijn.'
De Cock beklom opmerkelijk kwiek de stenen trappen naar de tweede etage. Vledder volgde in een veel lager tempo.
Op de bank naast de toegangsdeur naar de grote recherchekamer zat een jonge vrouw. Toen ze de oude rechercheur in het oog kreeg, stond ze op en liep op hem toe.
'Bent u rechercheur De Cock?'
Haar stem klonk lief, melodieus.
De grijze speurder knikte.

'De Cock, met... eh, ceeooceekaa. Rechercheur sinds mensenheugenis.'
Ze glimlachte.
'Ik wil met u praten.'
De Cock ging haar voor naar de recherchekamer en liet haar op de stoel naast zijn bureau plaatsnemen. Hij wees naar de jonge rechercheur die tegenover hem achter zijn bureau was gaan zitten.
'Dat is Vledder, mijn onvolprezen hulp en criticus. Op hem zou ik verder maar niet letten.'
Ze schonk de jonge rechercheur een milde glimlach en wendde zich daarna weer tot De Cock.
'Ik woon op de Brouwersgracht 512,' opende ze. 'Ik heb vanmiddag bezoek gehad van een collega van mij... Henriëtte Vermeer.'
De Cock toonde verwondering.
'Collega?'
Ze knikte.
'Zij werkt voor dezelfde instelling.'
'Lovable?'
'Inderdaad.'
De Cock nam even de tijd om haar goed in zich op te nemen. De wachtcommandant had gelijk. Ze was een knappe jonge vrouw. De oude rechercheur schatte haar op begin twintig. Niet veel ouder. Ze had een fraaigevormd gelaat met bruine ogen, die prettig contrasteerden met haar blonde haren. Haar bescheiden make-up viel nauwelijks op. Ze was verder sober gekleed in een degelijk bruin mantelpakje, waaronder een wit truitje met een col.
De Cock bracht zijn beminnelijkste glimlach.
'U... eh, u lijkt mij niet een jonge vrouw,' sprak hij met enige schroom, 'die er behagen in schept om mannen te verwennen.'
Ze schudde haar hoofd.
'Ik schep daarin ook geen be-ha-gen,' reageerde ze gekwetst. 'Het is mijn manier om mijn studie te financieren.'
'Wat studeert u?'
'Bedrijfskunde.'

De Cock nam een kleine pauze.
'Mag ik vragen wie u bent?' vroeg hij vriendelijk.
Er kwam een lichte gloed op haar wangen.
'Neemt u mij niet kwalijk,' sprak ze beschaamd. 'Ik had mij eerst aan u moeten voorstellen. Mijn naam is Marianne... Marianne van Hoogwoud.'
De Cock glimlachte.
'U begon te vertellen dat Henriëtte Vermeer bij u op bezoek was geweest. Was dat voor u de aanleiding om naar de Warmoesstraat te komen?'
Marianne knikte.
'Henriëtte Vermeer was, zo vertelde ze mij, erg onder de indruk van de moord op Jacqueline Verpoorten. Ze voelt zich sterk bij haar dood betrokken. Volgens haar is die moord gepleegd door een vroegere relatie van haar... Karel van Montfoort.'
'Hebt u haar gekend?'
'Wie?'
'Jacqueline Verpoorten.'
Marianne knikte.
'We gingen wel samen op pad voor Lovable.'
'Samen?'
Marianne knikte opnieuw.
'Als een cliënt twee meisjes wenst, dan doen wij daar niet moeilijk over.'
De Cock maakte een verontschuldigend gebaar.
'Ik leid u af. U vertelde dat Henriëtte meent dat Karel van Montfoort, een vroegere relatie van haar, Jacqueline Verpoorten heeft vermoord.'
Marianne knikte.
'Daar is zij heilig van overtuigd.'
De Cock gebaarde in haar richting.
'Hebt een bijzondere binding van Henriëtte Vermeer? Bent u met haar bevriend?'
Marianne schudde haar hoofd.
'Dat is het niet. Maar Henriëtte weet dat ook ik enige tijd een relatie met diezelfde Karel van Montfoort heb gehad.'
'Hoe?'

'Wat bedoelt u?'
'Hoe weet zij dat?'
Marianne trok haar schouders iets op.
'Ik heb Henriëtte dat eens in een vertrouwelijke bui verteld.'
De Cock knikte begrijpend.
'Heeft uw relatie met Karel van Montfoort lang geduurd?'
Marianne schudde haar hoofd.
'Omdat Karel toch niet de intelligente man was die ik in hem vermoedde, heb ik die relatie al na korte tijd verbroken. Hij was wel lief, maar naar mijn idee tamelijk oppervlakkig.'
De Cock boog zich iets naar haar toe.
'Waarom bezocht Henriëtte Vermeer u? Wat wilde ze van uw weten?'
Marianne antwoordde niet direct. Ze liet haar hoofd iets zakken. Eerst na een poosje keek ze op.
'Henriëtte vertelde mij haar ervaringen met Karel van Montfoort... hoe hij haar eens bijna had vermoord... gewurgd met een sjaal.'
De Cock keek haar strak aan.
'Ze vroeg of u een soortgelijke ervaring met Karel van Montfoort had gehad?'
Marianne knikte traag.
'Dat vroeg ze.'
'En?'
Er kwamen tranen in de ogen van Marianne en haar onderlip trilde.
'Ik was op een avond bij hem thuis aan de Korsjespoortsteeg. We hadden samen een wijntje gedronken. Heel gezellig. Opeens stond hij op. Hij pakte zijn sjaal, die over de leuning van een stoel hing, ging achter mij staan en sloeg de sjaal om mijn nek. In een impuls kwam ik met een ruk van mijn stoel overeind en keek in zijn ogen. Karel van Montfoort was plotseling voor mij een andere man... een metamorfose. Ik zag ineens dat zijn kin scheef stond en de rug van zijn neus te ver doorliep. Ook had hij een vreemde, wat afwezige blik in zijn ogen. In paniek ben ik zijn huis uit gevlucht en ik ben er nooit meer teruggekomen.'

De Cock hield zijn hoofd iets schuin.
'Was dat de werkelijke reden dat u de relatie met hem verbrak?'
Marianne schudde haar hoofd.
'Ik besloot alleen nooit meer met hem alleen te zijn.'

Toen Marianne van Hoogwoud de grote recherchekamer had verlaten, viel er een diepe stilte. De twee rechercheurs ordenden hun gedachten. Buiten in de Warmoesstraat lalde een dronken man een droevig lied over een verloren liefde.
Het was Vledder die de stilte verbrak.
'Gaan we hem halen?' vroeg hij bruusk.
'Nu?'
'Ja.'
De Cock schudde zijn hoofd.
'Ik voel er nog niets voor. Het is alles zo vaag, zo weinig concreet.'
De oude rechercheur trok een lade van zijn bureau open en nam daaruit de doorschijnende plastic zak met de sjaal waarmee Jacqueline Verpoorten was gewurgd. Hij wierp die Vledder toe.
'Ga daar morgen mee naar het gerechtelijk laboratorium in Rijswijk en vraag of die sjaal mogelijk een DNA-profiel kan opleveren.'
Vledder gebaarde heftig.
'Dat kan toch ook nadat wij hem hebben gearresteerd? Misschien bekent hij onmiddellijk.'
De Cock trok een verongelijkt gezicht.
'Een arrestatie is voor mij geen gokspelletje met als inzet "misschien bekent hij wel". Dat is niet mijn stijl. Een verdachte, zo zegt het wetboek van Strafvordering, is iemand te wiens aanzien uit feiten en omstandigheden een redelijk vermoeden van schuld voortvloeit.'
De oude rechercheur schudde zijn hoofd.
'Ik vind niet dat Karel van Montfoort nu al aan het criterium re-de-lijk vermoeden voldoet.'
Vledder snoof.

'Een kwestie van inzicht en gevoel.'
De Cock spreidde zijn handen.
'Noem mij een motief. Waarom zou Karel van Montfoort Jacqueline Verpoorten vermoorden.'
Vledder grijnsde.
'Zij bedroog hem.'
De Cock zuchtte.
'Als alle mannen die door hun vrouwen of vriendinnen worden bedrogen, tot moord besloten, dan was er in ons land geen sprake meer van overbevolking.'
De telefoon op het bureau van De Cock rinkelde. Vledder boog zich naar voren en nam de hoorn op. Na luttele seconden legde hij zijn hand op het spreekgedeelte.
De Cock keek hem vragend aan.
'Wat is er?'
'Beneden voor de balie staat een jongeman. Hij wil spreken met de rechercheur die de moord op Jacqueline Verpoorten behandelt.'
De Cock keek naar de grote klok boven de deur van de grote recherchekamer. Het was bijna tien uur. Hij zuchtte diep.
'Ik had vanavond eigenlijk vroeg naar huis gewild.'
'Laat hem maar komen,' sprak hij met een hulpeloos gebaar.

De Cock bekeek de jongeman, die hij op de stoel naast zijn bureau had laten plaatsnemen, aandachtig.
Hij schatte hem op rond de vijfentwintig jaar. Hij had een rond blozend gelaat en een kop vol blonde krullen. Zijn handen, die hij op de rand van het bureau liet rusten, waren groot en grof. Het colbert dat hij droeg was te klein en de mouwen waren te kort, zodat zijn handen imposanter leken dan ze in werkelijkheid waren.
De oude rechercheur glimlachte.
'Ik behandel de moord op Jacqueline Verpoorten. Wie bent u en vanwaar stamt uw interesse?'
De jongeman verschoof iets op zijn stoel.
'Ik ben Willem... Willem van Coevorden. Ik was met Jacqueline verloofd.'

De Cock keek hem verrast aan.
'U komt uit Drenthe?'
'Ja.'
'Zoon van een boer?'
Willem van Coevorden glimlachte.
'U bent goed op de hoogte.'
De Cock knikte.
'U en uw broers hebben Jacqueline Verpoorten met de dood bedreigd.'
Willem van Coevorden plooide zijn lippen in een tuitje.
'Zo erg was het niet.'
'Voor haar toch reden om naar Amsterdam te vluchten.'
Willem van Coevorden zuchtte.
'Jacqueline was een bijzonder meisje. Ze nam het niet zo nauw. Ze was met mij verloofd, maar ze deed het ook met anderen. Ze maakte mij in de ogen van mijn plaatsgenoten... ook in de ogen van mijn broers... bespottelijk. Daar kreeg ik genoeg van. Ik heb toen tegen haar gezegd dat ik, of een van mijn broers, haar koud zou maken als zij zich in de toekomst niet netjes zou gedragen.'
'En ze gedroeg zich niet netjes.'
'Nee.'
'Dus besloten jullie om haar af te maken.'
Willem schudde zijn hoofd.
'Wij hebben dat nooit werkelijk gemeend. Toen ze weg was kreeg ik spijt van wat ik gezegd had. Ik miste haar ook. Ze was best gezellig. Een paar weken geleden vertelde iemand uit ons dorp mij, dat Jacqueline als hoer in Amsterdam zat. Vader, moeder, ik en mijn broers hebben toen beraad gehouden. We besloten om Jacqueline terug te halen naar ons dorp. We wilden niet dat zij in Amsterdam helemaal ten gronde zou gaan.'
'En?'
De handen van Willem begonnen te beven. In zijn helblauwe ogen blonken tranen.'
'Ik heb wekenlang door Amsterdam gezworven... navraag gedaan... met hoertjes op de Wallen gesproken. Niemand wist wat.

Tot iemand mij een paar dagen geleden vertelde dat Jacqueline ergens op de Blauwburgwal woonde.'
'Daar bent u gaan posten?'
Willem knikte.
'Ik heb haar een keer gezien... 's avonds laat. Toen ze mij zag schrok ze en rende van mij weg. Ik heb nog geprobeerd om haar in te halen, maar dat lukte niet. Ze was veel sneller dan ik.'
Hij zweeg en liet zijn hoofd wat zakken.
'Vannacht zag ik een politieauto op de Blauwburgwal staan en later een ziekenwagen. Ik durfde niet dichterbij te komen. Ik heb later wel gekeken welk nummer het op de Blauwburgwal was. Vanmiddag heb ik daar aangebeld. Een vrouw op de eerste etage vertelde mij dat boven haar een jonge vrouw was vermoord. Ik vroeg: Jacqueline?'
Met zijn helblauwe ogen vol tranen keek Willem van Coevorden naar De Cock op. Zijn hele lichaam trilde en zijn adamsappel wipte op en neer.
'Ze zei: ja.'

Onder de toezegging van De Cock, dat hij eraan zou meewerken dat Jacqueline Verpoorten in zijn dorp werd begraven, verliet Willem van Coevorden met gebogen hoofd de grote recherchekamer.
Toen hij weg was, wees De Cock naar de deur.
'Een moordenaar?'
Vledder antwoordde niet direct. Hij krabde zich achter in de nek. Traag schudde hij zijn hoofd.
'Naar je gevoel zeg je onmiddellijk: nee, geen moordenaar.'
De jonge rechercheur maakte een droeve grimas.
'Maar moordenaars hebben geen gezicht. Ik bedoel, je kunt ze niet herkennen. Je kijkt ze wel voor de kop, maar niet in de krop. Dat zijn jouw woorden.'
De Cock knikte.
'Hij kan haar voor de tweede keer op de Blauwburgwal hebben ontmoet. Misschien is ze voor zijn argumenten gezwicht en heeft ze hem meegenomen naar haar woning. Misschien heeft

ze hem uitgelachen en is er bij hem een oude woede opgelaaid. Het kan allemaal.'
De oude rechercheur grinnikte.
'We hadden een ander vak moeten kiezen.'
'Bijvoorbeeld?'
De Cock lachte.
'Putjesschepper.'
Vledder knikte.
'Dat zijn wij al. We ledigen de beerputten van onze samenleving.'
De Cock lachte opnieuw.
'Niet zo somber.' Hij stond van zijn stoel op en slenterde naar de kapstok. Halverwege keek hij om. 'Ik ga naar huis... naar de warme chocolademelk.'
Jan Kusters kwam met een ernstig gezicht de recherchekamer binnen.
Nerveus schokschouderend liep hij op De Cock toe.
'Ik kom het je maar persoonlijk even zeggen... in plaats van door de telefoon... er ligt een lijk van een vrouw in perceel Haarlemmer Houttuinen 1019. De jongens van de surveillancewagen vragen om de recherche.'
De Cock keek hem geschrokken aan.
'Alweer?'
De wachtcommandant knikte.
'Net als gisteren.'
'Hoe kwam de melding bij je binnen?'
'Via de telefoon. Een nerveuze stem meldde dat ze haar vriendin dood in haar woning had aangetroffen.'
'Vriendin?'
'Ja.'
'Heb je haar naam?'
Jan Kusters schudde zijn hoofd.
'Ze zei alleen Haarlemmer Houttuinen 1019. Toen verbrak ze de verbinding. Ik heb er met spoed een surveillancewagen heen gestuurd.'
Vledder kwam naderbij en liep op de wachtcommandant toe.
'Waar zei je dat het was?'

'Haarlemmer Houttuinen 1019.'
Het gezicht van de jonge rechercheur verstarde.
'Daar woont Henriëtte Vermeer.'

8

Ze reden met hun oude Golf van de steiger achter het politiebureau weg. Na een paar uur stralende zomerzon was het weer gaan regenen. Heftig, gepaard met plotselinge windstoten. Dikke regendruppels kletterden tegen de voorruit, trommelden op het dak. Het wegdek glom van opspattend water. De veelkleurige lichtreclames van het Damrak spiegelden speels in het natte asfalt. Vledder zette de ruitenwissers aan en De Cock bromde.
'De zomer valt dit jaar op donderdag.'
Vledder knikte voor zich uit.
'Dat zei je al vanavond.'
De Cock liet zich ver onderuitzakken en schoof zijn oude hoedje tot op de rug van zijn neus.
'Op donderdag... tussen veertien uur negentien en twintig uur twaalf.'
Vledder gniffelde.
'Een verrekt korte zomer.'
De Cock knikte.
'Misschien krijgen we nog een paar mooie dagen in de herfst, maar dan hebben we het wel gehad.'
'Doe jij tegenwoordig aan weersvoorspellingen?'
De Cock grinnikte.
'Ik doe het in ieder geval niet slechter dan die luitjes op de televisie. Die zitten er altijd naast.'
De jonge rechercheur liet het onderwerp rusten. Het was nog druk op de weg. Het verkeer eiste al zijn aandacht. Bij het inrijden van de Haarlemmer Houttuinen blikte hij even opzij.
'Jij... eh, jij vraagt haast nooit naar de adressen van onze getuigen.'
Het klonk beschuldigend.
De Cock lachte onder zijn hoedje.
'Dat doe jij toch altijd? Jij bent de man van de papieren rompslomp.'
Vledder ademde diep.

'Ik hoop niet,' verzuchtte hij, 'dat het slachtoffer onze De Henriette Vermeer is. Ik heb haar verklaring nog niet op papier staan, en gezien de ernst van haar beschuldiging ten aanzien van Karel van Montfoort had ik daar graag haar handtekening onder.'
De Cock gromde.
'Niet nodig. De rechters moeten maar op onze ambtseed vertrouwen.'
Vledder snoof.
'Vertrouwen?' Sprak hij meewarig. 'Dat is verleden tijd. Onze ambtseed is gerechtelijk gekelderd. Welke rechter gelooft nu nog absoluut in ons *Zowaar helpe mij God Almachtig*?[*] De rechters van nu luisteren alleen nog naar het gekweel van dubieuze strafpleiters.'
De Cock zocht naarstig naar woorden van ontkenning, maar vond ze niet.
De jonge rechercheur parkeerde de Golf achter een politiesurveillancewagen met blauw zwaailicht. Ze stapten uit en liepen naar perceel 1019. In de deuropening, schuilend voor de regen, stond een jonge diender. Hij tikte ter begroeting aan zijn pet.
'Mijn collega is boven bij het lijk. Het is geen natuurlijke dood. Vrijwel zeker moord. Ik heb alvast de meute voor u gewaarschuwd.'
'Waar waren jullie met de surveillancewagen toen de melding binnenkwam?'
'Op het Haarlemmerplein. Ik denk dat wij in een paar minuten ter plaatse waren.'
'Toen jullie de Haarlemmer Houttuinen binnenreden, hebben jullie daar een vrouw zien lopen?'
De jonge diender trok zijn schouders iets op.
'Mij is niets bijzonders opgevallen. Misschien Jan Peekel. Ik zat achter het stuur.'
'Is Jan Peekel je maat?'
De jonge diender knikte.
'Net als gisteren.'
'Ben jij nu ook boven geweest?'

---

[*] tekst bij het afleggen van de eed

'Ja.'
'Hoe zijn jullie binnengekomen?'
De jonge agent wees omhoog.
'Het is ook net als gisteren. Alles stond open.'
De Cock legde even zijn hand vertrouwelijk op de schouder van de jonge diender.
'Bedankt.'
Hij liep langs hem heen naar de trap. Moeizaam hees hij zijn negentig kilo trekkend aan een vette trapleuning omhoog. De houten treden kraakten onder zijn voeten.
Vledder volgde.
Boven, op de tweede etage, wachtte De Cock even tot zijn hijgende ademhaling weer enigszins op peil was en monsterde daarna de openstaande woningdeur, die naar een kleine keuken leidde. Er waren geen sporen van braak of verbreking. De deur zag er gaaf uit.
Tegen de deurpost leunde Jan Peekel. Om zijn mond danste een brede grijns.
'Het lijkt wel een kopietje van gisteren.'
Hij duimde over zijn schouder.
'Ze ligt in de woonkamer op de vloer voor de bank. Ze is niet zo knap als die van gisteren. Als je mij vraagt is dit een hoertje.'
'Hoezo?'
Jan Peekel trok zijn schouders op.
'Haar smoelwerk, kleding, opmaak.' Hij glimlachte. 'Wedden, dat ik gelijk krijg?'
De Cock ging er niet op in.
'Jullie waren op het Haarlemmerplein toen de melding via de autoradio binnenkwam. Heb je op weg hierheen een vrouw gezien? Ik bedoel, iemand die op een of andere manier je aandacht trok?'
Jan Peekel fronste zijn wenkbrauwen.
'Ik heb verderop in de Haarlemmer Houttuinen een jonge vrouw een portiek zien binnenstappen. Ik heb daar verder geen aandacht aan besteed. Achteraf realiseer ik mij dat het er op leek dat ze niet door ons gezien wilde worden.'
De Cock fronste zijn wenkbrauwen.

'Dat ze zich voor jullie verschool?'
'Precies.'
De Cock trok een ernstig gezicht.
'Zet dat straks even op papier, met zo ver als je het je kan herinneren... haar signalement.'
Jan Peekel knikte.
'Ik maak wel een proces-verbaaltje en leg dat bij je boven, op je bureau.'
Hij deed een stap opzij en liet De Cock en Vledder aan hem voorbij gaan.
De oude rechercheur bleef in de deuropening van de woonkamer staan en nam de situatie in zich op. De Cock kon dat. Hij had voor de peedee* een bijna fotografisch geheugen. Er was ook nu geen wanorde... niets dat op een worsteling leek. Hij draaide zich even om naar Jan Peekel.
'Brandde het licht toen jullie kwamen?'
Jan Peekel maakte een weids gebaar.
'Ik zei het je toch? Het is een kopietje van gisteren. Alleen een ander slachtoffer. Ook nu brandden alle lichten en stonden de deuren wijdopen.'
De Cock knikte begrijpend.
De oude rechercheur stapte voorzichtig de woonkamer binnen. Voor een brede driezitsbank lag op een gebloemd tapijt het lichaam van een jonge vrouw in een zwartzijden kamerjas met grillige borduursels. Haar blote benen waren iets gespreid en haar wijd opengesperde ogen staarden glanzend naar de zoldering. De Cock bleef een poosje naar die dode ogen kijken. De pupillen waren sterk vergroot. Haar halfopen mond gaf aan haar gezicht een expressie van verbazing. Om haar hals, diep in het vlees gesnoerd, zat een roze sjaal.
De Cock knielde bij haar neer en drukte de rug van zijn hand tegen haar wang. Die voelde nog warm aan. De oude rechercheur sloeg de kamerjas iets terug. Ze droeg een kort slipje met kantjes.
Vledder boog zich ver over De Cock heen. Met beide handen leunde hij op zijn schouders.

---

* peedee (PD) = plaats delict

De jonge rechercheur hijgde zwaar.
'Het is toch Henriëtte Vermeer,' riep hij verbijsterd. 'Allemachtig... net als Jacqueline Verpoorten gewurgd met een sjaal.'

Toen De Cock de volgende morgen redelijk op tijd de grote recherchekamer binnenkwam, trof hij Vledder achter zijn computer. De rappe vingers van de jonge rechercheur dansten over het toetsenbord.
De Cock bezag het met welgevallen. Na de vele, door de korpsleiding aan hem opgedrongen computerlessen, bleef het apparaat voor de oude rechercheur een oplichtende doos vol geheimen. Hij zwaaide zijn oude hoedje naar de kapstok en lachte vrolijk om het feit dat zijn trouwe hoofddeksel eindelijk eens aan een haak bleef hangen. Daarna wurmde hij zich uit zijn regenjas.
Toen hij bij zijn bureau kwam hield Vledder zijn vingers stil en keek op zijn horloge.
'Je bent aardig op tijd. Ga je je leven beteren?'
De Cock schudde zijn hoofd.
'Ik verwacht het niet.' Hij wees naar de computer op het bureau van Vledder. 'Waar ben je mee bezig?'
'De verklaring van Henriëtte Vermeer. Ik ben er maar direct mee begonnen voor het verhaal uit mijn geheugen zakt.'
'Je hebt toch aantekeningen gemaakt?'
Vledder knikte.
'Maar die zijn onvolledig en vrij summier.'
De Cock blikte om zich heen.
'Heb je vanmorgen nog een proces-verbaaltje van Jan Peekel gevonden?'
'Ja.'
'En?'
Vledder trok een bedenkelijk gezicht.
'Hij heeft die vrouw in de Haarlemmer Houttuinen tijdens het voorbij rijden slechts in een korte flits gezien. Het signalement stelt niet veel voor.'
'Daar was ik al bang voor.'
Vledder zwaaide.

'Ik heb vanmorgen Ben Kreuger van de dactyloscopische dienst gebeld en gevraagd of hij extra aandacht wil besteden aan de hoorn van het telefoontoestel in de woning van Henriëtte Vermeer. Ik ben er zo goed als zeker van dat de vriendin van Henriëtte met dat toestel naar de Warmoesstraat heeft gebeld.'
De Cock keek zijn jonge collega bewonderend aan.
'Heel goed.'
Vledder negeerde de lof.
'Ik vind het toch vreemd dat die geheimzinnige vriendin tijdens het doen van haar melding aan de wachtcommandant haar naam niet heeft genoemd en niet even heeft gewacht tot wij ter plekke kwamen. Nu zijn wij wel verplicht om haar op te sporen.'
De Cock keek hem schuins aan.
'Verwacht jij dat zij iets met de moord uitstaande heeft?'
Vledder schudde zijn hoofd.
'Dat lijkt mij onwaarschijnlijk. Dan had ze die melding toch niet gedaan.'
De Cock trok zijn schouders iets op.
'Wanneer iemand,' sprak hij verzachtend, 'totaal onvoorbereid wordt geconfronteerd met de moord op zijn of haar vriendin, dan ondergaat zo'n man of vrouw toch een psychische schok. Dat beïnvloedt de reactie. Misschien komt ze straks bij zinnen en meldt zij zich toch nog.'
De oude rechercheur zweeg even.
'We hebben nu een dubbele moord, vrijwel zeker gepleegd door een en dezelfde dader. Beide moorden hebben dezelfde modus operandi... dragen dezelfde signatuur. Jan Peekel sprak treffend van een kopietje.'
Vledder knikte.
'Dat betekent dat wij naar een man of vrouw moeten zoeken die een motief had voor die moorden, en dan komt Karel van Montfoort opnieuw in beeld.'
De Cock zuchtte.
'Ik kan dat niet ontkennen. Hij heeft met beide vrouwen een verhouding gehad. Gezien zijn vele onstuimige liefdesaffaires zie ik "ontrouw" niet als motief. Maar misschien is er iets anders dat hem tot moord drijft.'

'Zoals?'
De Cock stak in een gebaar van wanhoop zijn armen omhoog.
'Wat hebben de slachtoffers gemeen, buiten dat zij in het verleden een relatie met Karel hadden?'
De ogen van Vledder lichtten op.
'Zij waren beiden callgirl.'
De Cock knikte nadrukkelijk.
'Laten we dat aspect niet vergeten. En dan is er nog iets wat mij gisteravond opviel... belladonna. Henriëtte Vermeer gebruikte vast en zeker belladonna.'
'Wat is dat?'
'Atropa belladonna is een plant met ronde, glanzende, zwarte, onaangenaam riekende, zeer giftige bessen. Het sap hiervan, in de ogen gedruppeld, maakt de pupil wijder en doet daardoor de ogen mooier en groter schijnen: vandaar belladonna... mooie vrouw. Belladonna werd vroeger veel door vrouwen in het Nabije Oosten toegepast om aan begeerlijkheid te winnen. Een befaamd schoonheidsmiddeltje.'
'Kan dat spul een rol spelen bij de moorden?'
De Cock maakte een hulpeloos gebaar.
'Belladonna bevat dodelijke vergiften. Het wordt in ons land niet voor niets de doodbes genoemd. Het bevat ook de alkaloïde scopolamine, en dat spul geldt wel als waarheidsserum omdat men onder invloed daarvan moeilijk schijnt te kunnen liegen. Belladonna of wolfskers wordt in de geneeskunde gebruikt, maar is zonder recept moeilijk te verkrijgen. Ik vraag mij af hoe Henriëtte Vermeer aan haar belladonna kwam.'
Vledder keek hem vragend aan.
'Had Jacqueline Verpoorten vergrote pupillen?'
De Cock schudde zijn hoofd.
'Ik heb er bij haar niets van gemerkt. Ik let altijd scherp op de stand van de pupillen, omdat...'
De oude rechercheur stokte. Er werd op de deur geklopt en Vledder riep: 'Binnen!'
In de deuropening verscheen de gestalte van een vrouw. De Cock schatte haar op achter in de dertig. Ze droeg een rode glimmende mantel, waarvan het regenwater op de vloer drupte.

Vanonder een hoedje in de vorm van een zuidwester, keek ze wat schichtig om zich heen. Schoorvoetend kwam ze naderbij en nam haar hoedje af. Gitzwart haar golfde langs haar ovale gezicht. Bij het bureau van De Cock bleef ze staan.
De oude rechercheur kwam haastig overeind.
'Het is slecht weer buiten, zie ik.'
Ze knikte. 'Het giet.'
De Cock gebaarde glimlachend naar de stoel naast zijn bureau.
'Neemt u plaats.'
De vrouw knoopte haar regenmantel los en ging zitten.
'Ik... eh, ik ben vanmorgen,' opende ze voorzichtig, 'bij mijzelf tot de overtuiging gekomen dat ik het gisteravond niet goed heb gedaan. U moet mij dat niet kwalijk nemen. Ik was enigszins in paniek.'
De Cock keek haar onderzoekend aan. Ze had, zo vond hij, mooie donkerbruine ogen met een natuurlijke glans.
'Hoe kan ik u iets kwalijk nemen,' sprak hij vriendelijk, 'als ik niet weet wat u denkt niet goed te hebben gedaan?'
Ze verschoof iets op haar stoel.
'Ik heb gisteravond mijn collega Henriëtte Vermeer dood in haar woning aangetroffen. Vermoord. Ik heb in het telefoonboek het nummer gezocht en toen het politiebureau aan de Warmoesstraat gebeld.'
'Dat was juist.'
Ze knikte.
'Plotseling kwam het in mij op dat ik niets met de dood van Henriëtte van doen wilde hebben. Ik... eh, ik wilde er niet bij betrokken zijn.'
'Toen bent u gevlucht?'
Ze knikte weer.
'Ik heb de hoorn op het toestel gelegd, heb mijn snel mijn mantel gepakt en ben weggegaan. Buiten op straat zag ik de politieauto komen.'
'Toen hebt u zich in een portiek verstopt.'
'Ik had het zo niet moeten doen,' zei ze hoofdschuddend. 'Ik had rustig de komst van de politie moeten afwachten. Ik had uitleg kunnen geven van hetgeen ik had gezien.'

De Cock knikte.
'Dat zou inderdaad beter zijn geweest.' Hij zweeg even. 'Mag ik vragen wie u bent?'
Ze kleurde.
'Weer zo stom,' sprak ze verontschuldigend. 'Ik had mij eerst aan u moeten voorstellen.'
De Cock spreidde zijn handen.
'Ik heb mij ook niet aan u voorgesteld.'
Er gleed een glimlach om haar lippen.
'U bent rechercheur De Cock met ceeooceekaa. Ik heb wel eens een lezing van u bijgewoond en ik volg uw belevenissen op de televisie.'
'En u bent?'
'Everdine, Everdine de Bruijn. Ik word gewoonlijk Dien genoemd.'
De Cock wees met een grijns op zijn gezicht naar Vledder.
'Mijn collega noteert straks uw adres.'
Hij wendde zich weer tot Everdine.
'U bent ook verbonden aan Lovable?'
Kennelijk geschrokken van de directe vraag, aarzelde ze even.
'Al een paar jaar,' antwoordde ze knikkend. 'Na onze scheiding vertrok mijn man naar het buitenland, met onbekende bestemming, en betaalt geen stuiver alimentatie. Door mijn activiteiten bij Lovable kan ik mijn kinderen toch een behoorlijke scholing meegeven.'
De Cock knikte begrijpend.
'U was van plan om bij uw collega Henriëtte op bezoek te gaan?'
Everdine schudde haar hoofd.
'Ik onderhield geen sociale contacten met haar. Ik bedoel, ik was niet met haar bevriend. Henriëtte Vermeer was niet een vrouw met wie ik mij zou willen associëren.'
De Cock reageerde verward.
'Wat deed u dan bij haar in de Haarlemmer Houttuinen?'
Everdine zuchtte.
'Ze had mij gebeld. Ze had moeilijkheden... moeilijkheden die ze niet via de telefoon met mij wilde bespreken. Ze vroeg of ik haar wilde bezoeken.'

De Cock keek haar niet-begrijpend aan.
'Waarom benaderde ze u?'
Everdine maakte een hulpeloos gebaar.
'Ik geld onder mijn collega's van Lovable als een sterke vrouw... een vrouw die haar problemen aankan. Het gebeurt wel meer dat men mij om raad vraagt.'
'Kortom: u voldeed aan haar verzoek en ging naar de Haarlemmer Houttuinen.'
'Als ik vooruit had geweten wat ik daar zou aantreffen, was ik beslist niet gegaan.'
'Wat trof u daar aan?'
Everdine trok haar hoofd tussen haar schouders en rilde.
'Als ik luttele seconden eerder van huis was gegaan of even sneller had gelopen, dan was ik ooggetuige geweest van de moord op Henriëtte Vermeer.'
Ze ademde diep.
'En wie weet wat er dan met mij was gebeurd?'
De Cock keek haar geschrokken aan.
'Ooggetuige?' herhaalde hij vragend.
Everdine knikte.
'Toen ik de trap van haar woning op liep, stormde een man langs mij heen naar beneden.'
'Wat voor een man?'
Everdine liet haar hoofd iets zakken.
'Daar kan ik weinig over zeggen. Het was donker op die trap. Er was vrijwel geen verlichting. Bovendien had de man een doek voor zijn gezicht.'
'Een doek?'
Everdine de Bruijn knikte.
'Een doek van dezelfde kleur als de sjaal die Henriëtte om haar nek had.'

9

Toen Everdine de Bruijn met kittige passen en een opgeheven hoofd de grote recherchekamer had verlaten, maakte Vledder een gebaar van wanhoop.
'Daar word je als rechercheur toch moedeloos van,' bromde hij verslagen. 'Ook weer een signalement van niets. Dat mens kon niet eens zeggen of de man blond of zwart haar had. Een stevig gebouwde man. Daar moeten we het maar mee doen.'
Hij grinnikte vreugdeloos.
'Hoeveel stevig gebouwde mannen lopen er in ons lieve landje rond... een paar miljoen? Een schatting van zijn leeftijd kon ze niet geven. En over de kleding die de man droeg, kon ze geen enkele mededeling doen. Nou ja... hij droeg iets donkers.'
De jonge rechercheur schudde zijn hoofd.
'Iemand die met een doek voor zijn gezicht voor je de trap komt afstormen... die trekt toch je volle aandacht. Zo'n beeld blijft je toch bij? Waarom letten de mensen niet beter op elkaar?'
De Cock glimlachte.
'Daar worden ze niet voor betaald.'
Vledder grinnikte vreugdeloos.
'Veel verder zijn we met haar niet gekomen,' verzuchtte hij. 'Een ding weten we in ieder geval zeker... de moordenaar van Henriëtte Vermeer is een man.'
De Cock keek naar hem op.
'Weten we dat?' vroeg hij uitdagend.
Vledder reageerde verwonderd.
'Dat is het enige waarover Everdine de Bruijn positief was... een man die van boven naar beneden kwam en haar op de trap passeerde.'
De Cock leunde in zijn stoel achterover.
'Zullen wij samen eens een stukje recherchetechniek doen?' vroeg hij zalvend.
Vledder keek hem niet-begrijpend aan.

'Wat bedoel je met recherchetechniek?'
'De verklaring van Everdine de Bruijn op een recherchetechnische manier analyseren.'
'Wat heeft dat voor zin?' Vledder grijnsde.
De Cock glimlachte.
'Bij een scherpe ontleding zijn de conclusies soms verrassend.'
Vledder snoof.
'Je gaat je gang maar als je daar zin in hebt. Ik zet haar verklaring wel op papier.'
De Cock wenkte met een kromme vinger om aandacht.
'Hoe verifiëren we haar verklaring? Hoe stellen we vast dat haar waarnemingen juist zijn. Met andere woorden... hoe bewijzen we dat Everdine de Bruijn tegen ons de waarheid sprak?'
Vledder keek hem verward aan.
'Dat... eh, dat,' antwoordde hij stamelend, 'dat kunnen we niet bewijzen. We hebben niemand die haar verklaring kan bevestigen. De enige realiteit in haar verhaal is een dode Henriëtte Vermeer.'
De Cock knikte met een grimas op zijn gezicht.
'Precies. Dat is het. We hebben alleen haar woord. Verder niets. Of Henriëtte Vermeer inderdaad ernstige problemen had, en wat voor problemen, we zullen het nooit weten. Of zij in verband met die problemen Everdine ook werkelijk heeft benaderd met het verzoek om naar de Haarlemmer Houttuinen te komen... het is een open vraag. Of Everdine de Bruijn op de trap inderdaad een vluchtende man heeft gezien... het is twijfelachtig.'
Vledder keek hem schattend aan.
'Vind je?'
De Cock knikte nadrukkelijk.
Je hebt zelf al terecht opgemerkt dat de resultaten van haar waarnemingen zijn te verwaarlozen. Het is bijna onnatuurlijk... zij lijkt horende doof en ziende blind.'
De oude rechercheur gebaarde voor zich uit.
'Everdine de Bruijn beroept zich op een miserabele verlichting. Maar voor zover ik het mij kan herinneren, was de verlichting op de trap ruim voldoende om een man beter waar te nemen dan zij zegt te hebben gedaan.'

Vledder glimlachte.
'Je drukt je voorzichtig uit.'
De Cock grijnsde.
'Een beroepsdeformatie. Dat krijg je als je dit werk lang doet.'
De oude rechercheur wuifde het onderwerp weg.
'Wij moeten vanavond die verlichting samen ter plekke nog maar eens bekijken.'
'Dat doen we.'
De jonge rechercheur trok een pijnlijk gezicht.
'Als Everdine de Bruijn,' zo betoogde hij, 'werkelijk bij de moord op Henriëtte Vermeer is betrokken, dan had ze toch nooit na haar daad de Warmoesstraat gebeld.'
De Cock trok zijn schouders op.
'Dat kan in een opwelling zijn gebeurd... een opwelling waarvan ze later spijt kreeg en waarom ze besloot de onheilsplek ijlings te verlaten.'
Vledder schudde zijn hoofd.
'Ze had zich vanmorgen toch niet bij ons behoeven te melden? We wisten niet wie ze was en het is de vraag of wij ooit achter haar identiteit waren gekomen.'
De Cock glimlachte.
'Als wij in de toekomst nader op het onderwerp "callgirl" zouden zijn ingegaan... hetgeen wij zeker nog moeten doen... dan waren we Everdine de Bruijn beslist tegengekomen. Ze werkte net als de anderen voor Lovable. Dat is geen grote organisatie, maar een kleine onderneming met een beperkt aantal gedienstige vrouwen, die elkaar onderling zeker zullen kennen.'
'Dat moet je nog maar afwachten,' sprak Vledder met een droog lachje. 'Er zijn escortbureaus die dat juist niet wensen.'
De Cock negeerde de opmerking.
'En dan nog iets,' ging hij onverstoorbaar verder. 'Everdine de Bruijn moet hebben beseft dat zij haar vingerafdrukken in de woning van Henriëtte had achtergelaten.'
'Op de hoorn van het telefoontoestel.'
De Cock knikte instemmend.
'Everdine is een intelligente vrouw, die in staat is gebleken een goed verhaal te bedenken.'

Hij grinnikte vreugdeloos en vervolgde. 'Daarvoor heeft ze ook ruimschoots de tijd gehad.'
Vledder bracht zijn handen naar zijn hoofd.
'Als Everdine de Bruijn, zoals jij suggereert, Henriëtte Vermeer heeft vermoord, dan moet zij ook verantwoordelijk zijn voor de dood van Jacqueline Verpoorten. Beide moorden hebben een duidelijk verband.'
De Cock keek hem schuins aan.
'Kan dat niet? Kan zij niet ook Jacqueline Verpoorten hebben vermoord?'
Vledder schudde zijn hoofd.
'Ik durf niet te beweren dat het onmogelijk is. Maar het lijkt mij onwaarschijnlijk.'
De Cock plukte even aan zijn onderlip.
'Onwaarschijnlijk?' reageerde hij geprikkeld. 'Waarom? Everdine de Bruijn maakte op mij inderdaad de indruk... dat zegt zij ook van zichzelf... een geestelijk sterke, weerbare vrouw te zijn. Het is heel goed denkbaar dat Jacqueline Verpoorten haar in het verleden eens heeft benaderd voor de oplossing van een probleem. Misschien hebben die twee wel eens samengewerkt in het professioneel behagen van een cliënt.'
'Jij denkt dat Everdine de Bruijn gemakkelijk toegang tot Jacqueline heeft gehad?' vroeg Vledder.
De Cock knikte overtuigend.
'Ik ga er zelfs vanuit dat onze Jacqueline haar zonder enige schroom of argwaan met open armen zal hebben ontvangen.'
Vledder ademde diep.
'Jij maakt mij, tegen mijn gevoel in, aan het twijfelen.'
De jonge rechercheur keek zijn oude collega schattend aan.
'Meen je ook alles wat je zegt?'
De Cock glimlachte.
'Een gewetensvraag. Ik wilde alleen haar verslag ontleden om jou duidelijk te maken hoe gevaarlijk het is om zonder bedenkingen op de verklaring van een getuige af te gaan. Je hebt altijd te maken met twee dingen: het waarheidsgehalte en het vermogen.'
'Vermogen... waarvan?'
'Het vermogen van de getuige. Lang niet iedereen is in staat om

goed waar te nemen. Misschien is Everdine de Bruijn wel een vrouw met een beperkt waarnemingsvermogen.'
Vledder hield zijn hoofd een beetje scheef.
'Jij ziet Everdine dus niet echt als dader van deze moorden?'
De Cock trok zijn gezicht in een ernstige plooi.
'Ik sluit haar niet uit. Beslist niet. Ik heb in het verleden wel eens meer wurgende vrouwen ontmoet. Het enige wat ik bij Everdine nog niet kan ontdekken, is een passend motief.'
De oude rechercheur keek lachend naar Vledder op.
'En voor zover wij weten,' sprak hij gniffelend, 'heeft Everdine de Bruijn geen verbroken relatie met ene Karel van Montfoort.'
Vledder snoof.
'Volgens mij is hij nog steeds de enige werkelijke verdachte in deze bezopen zaak. En als je mij vraagt...'
De jonge rechercheur stokte.
Zonder te kloppen kwam een vrouw de grote recherchekamer binnen. De Cock herkende direct Geertruida de Groot. Ze droeg hetzelfde beige mantelpakje van enige modes terug als tijdens haar eerste bezoek. In plaats van de omvangrijke hoed van toen droeg ze een dopje met een voile. Ze stevende direct op De Cock af, met haar tasje onder de arm geklemd. Even keek ze hem onderzoekend aan en daarna liet ze zich op de stoel naast zijn bureau zakken. Haar tasje zette ze op haar schoot.
'Hoe is het,' sprak ze uitdagend. 'Hebben jullie haar moordenaar al?'
De Cock schudde zijn hoofd.
'We hebben er alleen een nieuwe moord bij,' verzuchtte hij. 'Gisteravond hebben we een collegaatje van Jacqueline dood in haar woning aangetroffen.'
Geertruida de Groot reageerde geschrokken.
'Ken ik haar?'
De Cock trok zijn schouders op.
'Haar naam is Henriëtte Vermeer.'
Geertruida trok haar neus iets op.
'Is dat zo'n geblondeerd hoerig typetje met van die grote glanzende ogen?'
De Cock lachte even om de perfecte persoonsbeschrijving. Hij

dreef de lach van zijn gezicht en knikte.
'Dat is... eh, dat was ze.'
Geertruida trok een ernstig gezicht.
'Die kwam nog wel eens bij Jacqueline. Ik heb die meid een paar maal bij haar ontmoet. Een pittige tante. Ze heeft dat vieze gozertje waar Jacqueline mee omging wel eens uitgemaakt voor stinkende rotte vis.'
'Waarom?'
Geertruida reageerde fel.
'Die ploert had haar een blauw oog gemept zodat ze een paar dagen niet kon werken.' Ze zweeg even. 'Hebben ze die meid ook koudgemaakt?'
De Cock knikte.
'Op dezelfde manier als Jacqueline?'
De oude rechercheur dacht even na en stelde de volgende vraag.
'Kwamen er buiten die Henriëtte wel meer collegaatjes bij Jacqueline over de vloer?'
'Noem eens wat?'
'Wat bedoelt u?'
Geertruida schudde haar hoofd.
'Namen zeggen mij niets. Ze hebben zich nooit aan mij voorgesteld. Ik zag ze alleen komen en gaan. Soms ontmoette ik een van hen als ik even bij Jacqueline kwam buurten.'
Ze gebaarde in de richting van De Cock.
'Geef eens een goede beschrijving van een van die meiden?'
De oude rechercheur spreidde zijn handen.
'Een knap jonge meisje van ongeveer twintig jaar met blond haar en bruine ogen... vrijwel geen make-up.'
De ogen van Geertruida lichtten op.
'De studente,' riep ze blij. 'Jacqueline werkte graag met haar samen. Netjes. Nooit grof in de mond. Ze kon goed met buitenlandse gasten overweg, sprak vloeiend Frans, Duits en Engels. Volgens Jacqueline een fijne meid.'
De Cock stak zijn wijsvinger omhoog.
'Een slanke vrouw,' ging hij verder, 'van rond de veertig met lang, gitzwart golvend haar.'
Geertruida lachte.

'Ze droeg altijd rood. Ik heb haar nooit in een andere kleur gezien. Ze was een beetje uit de hoogte, weet je, of ze van koninklijken bloede was. Ik had altijd het idee dat ze op mij neer keek.'
'Kwam ze vaak?'
Geertruida trok haar schouders op.
'Een enkele keer,' antwoordde ze onzeker. 'Voor ze dat vieze gozertje leerde kennen, had Jacqueline omgang met een grote knappe vent uit de Korsjespoortsteeg. In die tijd kwam mevrouw vaak.'
De Cock fronste zijn wenkbrauwen.
'Mevrouw?'
Geertruida knikte.
'Ik heb van het begin af gedacht dat zij het hoofd was van de organisatie waar Jacqueline voor op pad ging. Jacqueline noemde haar altijd "mevrouw" zonder verder haar naam te zeggen.'
'Nog anderen?'
Geertruida schudde haar hoofd.
'Dat waren ze wel.'
'Drie?'
'Ja.'
'Waren ze wel eens alle vier tegelijk bij elkaar... in een soort reünie?'
Geertruida maakte een hulpeloos gebaar.
'Alle vier? Samen? Ik kan mij niet herinneren dat ik dat ooit heb meegemaakt.'
De Cock keek haar glimlachend aan.
'Ik... eh, ik,' sprak hij verontschuldigend, 'ben bij uw binnenkomst maar direct begonnen met het stellen van akelige vragen. Ik heb niet eerst beleefd geïnformeerd wat de reden was van uw komst.'
Geertruida zwaaide heftig. Haar gezicht kleurde rood.
'Een vent. Een vent als een heer verkleed.'
De Cock lachte.
'Wat voor een verklede vent?'
'Een man die vanmiddag als een idioot op de deur van Jacqueline stond te bonzen. Op het lawaai af ging ik naar boven. Ik zei tegen dat stukkie verdriet: Wat ben je hier in godsnaam aan het

doen? Toen vroeg hij: waar is die stinkhoer? Ik zei: Voor die stinkhoer moet je voortaan op de hemelpoort kloppen.'
'En toen?' vroeg De Cock lachend.
Geertruida schudde haar hoofd.
'Die stommerik begreep het niet. Ik heb hem toen rechtstreeks gevraagd wat hij van Jacqueline wilde.'
'En?'
'Schadevergoeding en smartengeld.'
De Cock keek haar verwonderd aan
'Schadevergoeding en smartengeld?' herhaalde hij ongelovig.
Geertruida knikte.
'Jacqueline kwam wel eens als... eh, hoe noemde u dat ook alweer?'
'Callgirl.'
'Juist, als callgirl bij zijn oom. En veertien dagen geleden klopte Jacqueline bij zijn oom aan. Hij deed open, waarna oom onmiddellijk werd overmeesterd door een man die achter Jacqueline naar binnenkwam. Die man heeft zijn oom geslagen en beroofd.'
De Cock knikte begrijpend.
'Hij eiste namens zijn oom schadevergoeding... anders ging hij naar de politie.'
Geertruida keek naar De Cock op.
'Dat heb je goed begrepen.'
'Op sommige dagen ben ik helder van geest,' sprak De Cock grinnikend.
Geertruida pakte haar tasje.
'Ik zei tegen die vent: geeft mij maar even je naam en adres, dan ik stuur haar wel naar je toe om een en ander te regelen.'
Ze deed haar tasje open, nam daaruit een visitekaartje en gaf dit aan De Cock.
De oude rechercheur las hardop.
'Rudolf Achterbroek, Tweede Weteringplantsoen 1018.'
De mond van Vledder zakte langzaam open.
'Achterbroek... Achterbroek?' stamelde hij geschokt. 'Dat is toch de officier van justitie die Jacqueline Verpoorten inzake de beroving van Klaas van het Veer zo humaan in vrijheid stelde?'

10

De Cock kwam bij haar afscheid achter zijn bureau vandaan en begeleidde Geertruida de Groot lief en galant tot aan de deur van de grote recherchekamer. Hij boog zich iets naar haar toe.
'Heb je achteraf tegen die bonzende Rudolf Achterbroek gezegd dat Jacqueline niet meer in leven is... dat ze op een afschuwelijke manier werd vermoord?'
Geertruida schudde haar hoofd.
'Ik heb hem in de waan gelaten dat ik zou zorgen dat Jacqueline hem kwam bezoeken om de schadevergoeding en de hoogte van het smartengeld te regelen.'
Ze gniffelde.
'Vind je mij niet handig?'
De Cock gromde bewonderend.
'Fantastisch.'
Geertruida keek naar hem op.
'Stom van zo'n vent om zijn visitekaartje aan mij af te geven. Zijn officieren van justitie niet zo snugger?'
De Cock hield de deur voor haar open en lachte.
'Laat ik je daarop maar geen antwoord geven.'
De oude rechercheur wuifde toen ze naar de trap liep. Daarna slofte hij terug naar Vledder.
Zijn jonge collega keek hem vragend aan.
'Wat doen met het verhaal van Geertruida de Groot? We kunnen moeilijk een officier van justitie benaderen voor een poging tot oplichting.'
De Cock lachte vrolijk.
'Als het moet.' Hij schudde zijn hoofd. 'Maar ik geloof niet dat hij de officier van justitie is die Jacqueline Verpoorten in vrijheid stelde. De Rudolf Achterbroek die op de deur van Jacqueline stond te bonzen sprak over een beroving die veertien dagen geleden zou hebben plaatsgevonden. De beroving die de invrijheidstelling van Jacqueline Verpoorten opleverde, werd onge-

veer een week geleden gepleegd. De bonzende Rudolf Achterbroek is volgens mij niet onze officier van justitie, maar iemand met toevallig dezelfde familienaam.'
'Weet je dat zeker?'
'Beslist.'
Vledder trok een bedenkelijk gezicht.
'Zullen we het toch niet even verifiëren?'
De Cock gebaarde naar de telefoon.
'Wat let je? Bel meester Achterbroek op. Vertel hem het verhaal van Geertruida de Groot. Als officier van justitie zal hij geïnteresseerd zijn. Uiteindelijk zal hij de voortvluchtige Robert van Eijsden toch een keer voor de rechter moet brengen.'
'En Jacqueline?'
De Cock keek Vledder verwijtend aan.
'Hebben ze jou dat destijds op de politieschool niet geleerd?' vroeg hij grijnzend. 'In ons land vervalt strafvervolging bij de dood van de verdachte. En dat is al jaren zo. Ik heb nog nooit een dode voor de rechter zien verschij...'
Vledder onderbrak hem afwerend.
'Dat behoef je mij niet te vertellen,' reageerde hij snibbig. 'Ik weet ook wel dat tegen haar geen strafvervolging meer kan worden ingesteld. Ik bedoel, zal ik meester Achterbroek de dood van Jacqueline Verpoorten melden?'
De Cock reageerde onverschillig.
'Doe maar. Dan kan hij als officier van justitie bij het opstellen van zijn requisitoir* vast rekening houden met haar dood.'
Vledder grinnikte.
'Daar heeft hij nog wel even de tijd mee. Ik denk niet dat Robert van Eijsden het zal wagen om op korte termijn binnen het gezichtsveld van de Nederlandse politie te komen. Ik schat dat hij ergens in Frankrijk is ondergedoken.'
De Cock knikte.
'Ik krijg overigens het idee dat het duo Robert van Eijsden en Jacqueline Verpoorten meer berovingen op hun kerfstok hebben dan wij vermoeden.'

---

* Aanklacht met eis tot strafoplegging.

'Zal ik hem dat ook zeggen?'
'Meester Achterbroek?'
'Ja.'
De Cock knikte opnieuw.
'Het lijkt mij een redelijke conclusie.'
De oude rechercheur kwam overeind.
'Terwijl jij hem belt, ga ik even naar de kantine beneden voor een kroket. Ik heb vanmiddag nog niets gegeten.'

Toen De Cock na ongeveer twintig minuten in de grote recherchekamer terugkwam, zat Vledder achter het glanzende scherm van zijn computer. De jonge rechercheur staarde wat nors voor zich uit.
De oude rechercheur ging tegenover hem zitten.
'En,' riep hij vrolijk, 'wat zei onze meester Achterbroek over jouw openbaringen?'
Vledder trok een grijns.
'Hij was niet erg hoffelijk. Ik kreeg het idee dat hij de smoor in had dat ik hem belde.'
De Cock keek op zijn horloge.
'Het is buiten kantoortijd, dan willen de heren niet graag meer worden gestoord.'
Vledder gromde.
'De vroege dood van Jacqueline Verpoorten interesseerde hem blijkbaar voor geen draad. Op die mededeling reageerde hij in het geheel niet.'
De Cock trok zijn schouders op.
'Vreemd. Nog geen week geleden haastte hij zich om haar vrij te laten.'
Vledder gebaarde.
'De Rudolf Achterbroek van het Tweede Weteringplantsoen,' zo vertelde hij, 'was zijn volle neef. Een zoon van zijn oudste broer. Neef Rudolf heeft in het verleden voor nogal wat moeilijkheden gezorgd. Hij werd als het zwarte schaap van de familie beschouwd. Van beroving en mishandeling in de familiekring was meester Achterbroek noch formeel, noch informeel iets bekend. Maar hij achtte het niet onmogelijk dat een of an-

dere oudoom wel eens een callgirl liet aanrukken om hem te plezieren.'
De Cock tuitte zijn lippen.
'Dan was,' sprak hij gelaten, 'onze officier van justitie toch aardig medeelzaam.'
Vledder maakte een grimas.
'Bepaald vriendelijk was hij niet.'
De Cock trok een denkrimpel in zijn voorhoofd.
'Had jij vanmiddag niet naar Westgaarde gemoeten voor de sectie op het lijk van Henriëtte Vermeer?'
Vledder schudde zijn hoofd.
'Dokter Rusteloos zat mudvol.'
De jonge rechercheur glimlachte.
'Onze patholoog-anatoom is niet zo jong meer. Over de zeventig. Hij houdt het nu op drie secties per dag. Meer deed hij er niet.'
'Nog te veel.'
Vledder knikte.
'De sectie op het lijk van Henriëtte Vermeer is verschoven naar morgenmiddag twee uur.'
De jonge rechercheur zweeg even en veranderde plotseling van onderwerp.
'Goedbeschouwd,' opende hij nadenkend, 'was Jacqueline Verpoorten maar een vreemd wezentje. In Drenthe was ze niet meer te handhaven. In Amsterdam duikt ze vrijwel onmiddellijk in de prostitutie. Karel van Montfoort noemt haar een nymfomane en met de gewelddadige Robert van Eijsden pleegt ze een aantal berovingen. Het is in feite niet eens zo verwonderlijk dat ze werd vermoord.'
Op het gezicht van De Cock kwam een smartelijke trek.
'De moord op Jacqueline Verpoorten staat niet op zichzelf,' sprak hij somber. 'Haar vreemde levensstijl heeft daar volgens mij niet zoveel mee te maken. Haar dood is gekoppeld aan de dood van Henriëtte Vermeer. De vraag die mij vannacht uit de slaap hield, was: hoe? Hoe vonden beiden de interesse, de haat van dezelfde moordenaar?'
De oude rechercheur stond van zijn stoel op en slenterde naar de kapstok.

Vledder kwam hem na.
'Waar ga je heen?'
De Cock schoof zijn hoedje over zijn grijze haren.
'Naar de Haarlemmer Houttuinen. Herinner je je nog... het licht op de trap bekijken.'

Ze slenterden vanuit de Warmoesstraat naar de houten steiger achter het politiebureau. Voor het portier van de oude Golf bleef De Cock staan en keek om zich heen. Daarna wendde hij zich tot Vledder.
'Zullen we te voet gaan? Het is redelijk weer en zo ver is het niet.'
De jonge rechercheur knikte instemmend.
'Oké.'
Ze liepen vanaf de steiger langs het beursgebouw, staken het Damrak over en vervolgden hun weg over het brede trottoir in de richting van het Centraal Station. Het was er druk. De vele eetgelegenheden waren goed bezet. Om hen heen babbelden mensen met louter vreemde keelklanken.
De Cock blikte opzij.
'Hoor jij hier nog bekende Hollandse geluiden met een harde kaa of een zachte gee?'
Vledder grinnikte.
'Amsterdam... daar moet je niet te gering over denken... is een kosmopolitische stad geworden.'
De Cock bromde en mopperde door.
'Als ik tegenwoordig over het Damrak wandel, heb ik soms het idee dat ik ben geëmigreerd naar een ver vreemd land. Dit is voor mij dan geen Amsterdam meer, geen Nederland.'
Vledder lachte om zijn betoog.
'We gaan hier direct linksaf. Dat is... luister goed... de Ha-ring-pak-kers-steeg... ben je weer thuis... Haringpakkerssteeg... Hollandser kan het niet.'
De Cock liet het onderwerp rusten.
Vanaf de Nieuwendijk liepen ze over de brug naar de stille zijde van de Singel en sloften vandaar via de Droogbak naar de Haarlemmer Houttuinen. Het was er stil. De rumoerige drukte van

de binnenstad leek ver weg. Alleen rammelde over de spoordijk een elektrische trein richting Sloterdijk.
De buitendeur van perceel Haarlemmer Houttuinen 1019 stond op een kier. De Cock drukte hem verder open.
De oude rechercheur keek naar Vledder.
'Ik ga naar de tweede etage. Jij blijft op de trap naar de eerste etage halverwege staan. Dan kom ik naar beneden.'
De oude rechercheur zweeg even.
'Uiteraard,' ging hij verder, 'kom ik niet zo stormachtig naar beneden als de moordenaar of moordenares van Henriëtte Vermeer. Ik heb geen zin om met mijn oude botten van de trap te storten.'
'En verder?'
'Dan vertel jij vanaf de plek waar je staat wat je ziet bij het heersende licht.'
Vledder knikte.
'Oké.'
De Cock keek hem licht verwijtend aan.
'Ik heb een hekel aan dat "oké". Zeg ja of nee, maar geen oké.'
De oude rechercheur draaide zich om en hees zijn negentig kilo trekkend aan een vette trapleuning omhoog. De houten treden kraakten onder zijn voeten. Op het portaal van de tweede etage bleef hij even staan en liet zich daarna voorzichtig naar beneden zakken.
Toen Vledder hem in het vizier kreeg, sprak hij met een spotlachje: 'Wat zie ik, wat zie ik. Ik zie een wat corpulente oude man in een verkreukelde beige regenjas en een vreemd hoedje op zijn grijze haardos, die moeizaam een trap af sukkelt.'
De Cock bleef op de trap tegenover Vledder staan en keek hem verbolgen aan.
'Ik ben niet corpulent,' snauwde hij. 'Hoogstens een beetje volslank. Mijn regenjas is niet beige, maar lichtbruin en mijn hoedje is een ordentelijk hoofddeksel. Daar is niets vreemd mee.'
De boosheid van De Cock deed Vledder plezier. Hij bleef lachen.
'Wat wil je?' sprak hij verontschuldigend. 'Ik moest van jou zeggen wat ik zag.'
De Cock zuchtte diep.

'We doen het andersom. Jij komt met jouw jeugdige snelheid naar beneden denderen en ik blijf hier op de trap staan kijken hoe dat eruitziet.'
Vledder knikte.
'Het heeft naar mijn mening weinig zin. Ik vind de verlichting hier op de trap ruim voldoende voor een behoorlijke waarneming.'
De Cock wuifde zijn bezwaren weg.
'We doen het toch even.'
Vledder ging naar boven en kwam even later razendsnel de trap af rennen. Onder aan de trap bleef hij hijgend staan en keek omhoog.
'En?'
De Cock liet zich zakken.
'Het was heel goed.'
Hij trok een bedenkelijk gezicht.
'Het is natuurlijk niet helemaal eerlijk wat we doen. Wij zijn voorbereid op wat wij te zien krijgen. Wij worden door de gebeurtenissen niet overrompeld, niet verrast.'
Vledder bromde.
'Toch blijf ik erbij dat er op de trap voldoende licht is voor een scherpe waarneming... scherper dan hetgeen Everdine de Bruijn ons voorschotelde.'
De Cock reageerde niet. Hij strekte zijn rechterhand met de handpalm naar boven uit richting Vledder.
'De sleutel. Ik wil boven nog even in de woning van Henriëtte Vermeer kijken. Misschien hebben wij gisteravond iets over het hoofd gezien.'
Vledder schudde zijn hoofd.
'Ik heb geen sleutel. De sleutel van de woning van Henriëtte heb ik op het bureau laten liggen.'
Zonder iets te zeggen, draaide De Cock zich om en besteeg opnieuw de trap naar de tweede etage.
Vledder volgde.
Op het portaal haalde hij uit een steekzak van zijn regenjas het apparaatje dat hij eens, lang geleden, van zijn vriend en ex-inbreker Handige Henkie had gekregen toen die bij zichzelf ern-

stig besloot om voortaan het smalle pad van de deugd te bewandelen. Het was een koperen houdertje waarin opgetast een keur van stalen sleutelbaarden.
De oude rechercheur koos met kennersblik de juiste sleutelbaard en binnen luttele seconden had hij de deur van het slot. Hij drukte de deur verder open en stapte naar binnen.
Vledder kwam hem na. In de woonkamer deden ze het licht aan en staarden enige tijd naar de plek waar het dode lichaam van Henriëtte Vermeer had gelegen.
De Cock trok een diepe denkrimpel in zijn voorhoofd.
'Wat mij zo verbaast, is het feit dat zowel Jacqueline Verpoorten als Henriëtte Vermeer bijna willoos slachtoffer zijn geworden. Ze hebben allebei hun moordenaar of moordenares zonder bezwaren binnen laten komen en hebben bij zijn of haar daad geen enkel verzet gepleegd. Althans... er is nergens een spoor van een vechtpartij of een worsteling.'
Vledder maakte een hulpeloos gebaar.
'Ik denk dat geen van beide vrouwen in staat is geweest om zich te verweren. De aanval kwam voor hen te plotseling... te onverwachts.'
De Cock knikte instemmend.
'Dat duidt erop dat de vrouwen hem of haar heel goed hebben gekend. In ieder geval waren ze zich van geen gevaar bewust.'
De Cock en Vledder liepen nog eens door het vertrek, openden kasten, trokken laden uit en lieten het scheerlicht van hun zaklantaarns over het tapijt dwalen. Het bracht voor hen geen nieuwe aanwijzingen.
Vledder kwam van het tapijt overeind.
'Wat mij opvalt... behalve de rol closetpapier in de wc, heb ik hier in de woning nergens een stukje papier gevonden, nog niet zo groot als een postzegel... geen bank- of giroafschrijvingen, geen identiteitspapieren, geen paspoort... niets.'
Ook De Cock kwam overeind.
'Die bewaart ze wellicht elders. Er zijn meer mensen, die...'
De oude rechercheur stokte. Zijn scherp gehoor had voetstappen op de trap waargenomen. Hij deed het licht in de woonkamer uit, vatte Vledder bij zijn arm en trok hem naast zich aan

de scharnierzijde van de toegangsdeur. Ze hielden hun adem in en wachtten af.

Na enkele seconden werd de deur geopend en een man liep iets gebogen de woonkamer in. Halverwege bleef hij staan.

De Cock wierp de deur met een klap dicht. Op het moment dat de man zich, getroffen door het geluid, omdraaide, scheen de oude rechercheur hem met zijn zaklantaarn vol in het gezicht.

De grijze speurder schokte.

De handen van de man gleden langs zijn kop vol blonde krullen angstig omhoog.

De Cock herkende Willem van Coevorden.

11

Terwijl De Cock zijn zaklantaarn strak op het gelaat van Willem van Coevorden gericht hield, zocht zijn vrije hand naar de schakelaar van het licht. Toen dat aanfloepte, borg hij zijn zaklantaarn weg en liep in een trage tred op de jongeman toe.
'Laat je handen maar weer zakken,' sprak hij vriendelijk, half spottend. 'Ik ben nooit van plan geweest om op je te schieten.'
Willem van Coevorden voldeed aan zijn verzoek. Diep zuchtend vielen zijn armen slap langs zijn lijf.
'U... eh,' stamelde hij, 'u liet mij schrikken.'
De Cock knikte.
'Dat was duidelijk.'
De oude rechercheur bekeek de jongeman aandachtig. Willem van Coevorden, vond hij, zag er slecht uit. Hij leek geen schim meer van de blozende jongeman die hij kort tevoren had ontmoet. De krachtige boerenzoon had diepe wallen onder zijn ogen en zijn gezicht zag vaal en bleek.
'Voel je je goed?' vroeg De Cock bezorgd.
'Niet erg.'
'Wat mankeert je?'
Willem maakte een loom gebaar.
'Ik voel mij slap, moe. Ik had de grootste moeite om die trap op te komen.'
'Wat kom je hier doen?'
Willem blikte schichtig om zich heen.
'Ik zoek een vrouw.'
'Hier?'
Willem knikte.
'Een Henriëtte.'
De Cock fronste zijn wenkbrauwen.
'Wat wil je van haar?'
'Inlichtingen.'
'Over wie, over wat?'

Willem liet zijn hoofd zakken.
'Over mijn Jacqueline,' sprak hij zacht. 'Haar dood laat mij niet los. Het blijft mij bezighouden.'
Hij hield zijn rechterhand voor zijn borst.
'Soms voel ik hier van binnen schuld. Ik ben te onbesuisd geweest. Te kritisch. Ik heb te veel geluisterd naar wat anderen over haar zeiden. Met meer begrip had ik haar dood kunnen voorkomen. Die gedachte spookt voortdurend door mijn kop.'
De Cock schudde zijn hoofd.
'Piekeren heeft geen zin. De dood is onherroepelijk. Die kun je niet terugkoppelen.'
Willem knikte.
'Dat besef ik. Maar wat ik ook doe... ik kan de moord op Jacqueline niet uit mijn gedachten bannen. Het bederft mijn eetlust en ik doe geen oog dicht. Ik wil weten wie het heeft gedaan en waarom?'
De Cock keek hem gespannen aan.
'Daar zijn wij voor.'
'Dat weet ik en ik heb er ook alle vertrouwen in dat u haar moordenaar eens zult vinden. Mensen zeggen dat u een goede speurder bent.'
Hij glimlachte vermoeid.
'Maar omdat ik toch niet kan slapen, scharrel ik 's avonds en 's nachts wat rond... over de Zeedijk, de Wallen en de grachten. Ik ben al een keer beroofd, maar dat interesseert mij niet.'
'Je bent een makkelijke prooi.'
'Ze doen maar,' sprak Willem berustend. 'Ik wil alleen praten... praten met iedereen die maar luisteren wil... over mijn Jacqueline, over haar dood, over mijn verdriet, over haar moordenaar, die ik wil vinden.'
De Cock hoorde de belemmerde tong waarmee de jongeman sprak.
'En?'
Willem trok zijn schouders op.
'Het heeft voor mij geen zin om hier nog een dag langer te blijven. Dat zie ik nu wel in. Ik ga naar huis om haar begrafenis te regelen.'
De Cock knikte.

'Dat lijkt mij heel verstandig. Als een soort "lonely cowboy" vang jij in deze stad geen moordenaar. Nu Jacqueline dood is, heb jij hier in feite niets meer te zoeken.'
Willem grijnsde.
'U hebt gelijk. Amsterdam is ook geen stad voor mij,' sprak hij hoofdschuddend. 'Als de duisternis valt... een oord van louter hoeren, junks en criminelen.'
De Cock trok zijn wenkbrauwen op.
'Louter?'
Willem van Coevorden gebaarde plotseling heftig. Zijn lome houding verdween voor een moment.
'De rest heeft geen tijd,' antwoordde hij scherp. 'De rest leidt een jachtig leven. Voor het leed en het verdriet van een ander is geen plaats in hun agenda.'
De Cock schonk de jonge man een milde glimlach.
'Een sombere analyse,' reageerde hij meelevend, 'ingegeven door een verdrietig hart. Amsterdam is toch ook de stad die de woorden Heldhaftig, Vastberaden en Barmhartig aan haar wapen heeft mogen toevoegen.'
Willem snoof.
'Dat is alweer lang geleden. Dat was een ander Amsterdam met andere Amsterdammers.'
De Cock ademde diep. De oude rechercheur hield van zijn stad en voelde niets voor de voortzetting van een vruchteloze discussie over Amsterdam en haar bewoners.
'Jij zocht ene Henriëtte?' vroeg hij zakelijk.
Willem knikte.
'Ze zou hier wonen.'
'Wie vertelde je dat?'
Willem gebaarde wat vaag in de ruimte.
'Een knap en vriendelijk nachthoertje, dat wel naar mij wilde luisteren.'
'Heb je haar naam?'
Willem schudde zijn hoofd.
'Ik kan u wel de plek wijzen waar ik haar op straat heb ontmoet.'
'Dat knappe hoertje gaf jou de naam en het adres van Henriëtte?'
Willem knikte.

'Zij vertelde mij dat zij Jacqueline kende. Ze heeft haar ontmoet toen ze nog maar pas een paar dagen in Amsterdam was. Jacqueline zou toen veel met de Henriëtte van de Haarlemmer Houttuinen zijn opgetrokken. Misschien, zo dacht ik, kan zij mij verder helpen.'
De Cock keek hem schuins aan.
'Bij... eh, bij het zoeken naar een moordenaar?' vroeg hij misprijzend.
'Zeker.'
De Cock trok zijn gezicht strak.
'De Henriëtte die hier woonde,' sprak hij hard, 'is dood. Ze werd op dezelfde wijze om het leven gebracht als jouw Jacqueline.'
Willem van Coevorden keek hem secondenlang wazig aan. Toen begonnen zijn ogen te draaien. Hij wankelde en zakte bewusteloos naar het tapijt.

Vledder schoof het toetsenbord van zijn computer grijnzend van zich af.
'Dat was gisteravond nog een hele consternatie met die bewusteloze Willem van Coevorden in de Haarlemmer Houttuinen. Hij lag er vreemd bij. Ik was zelfs een moment bang dat hij de pijp uit zou gaan.'
De Cock knikte.
'Hij ligt veilig in het OLVG.* Daar zullen ze hem wel weer oplappen. Ik heb zijn ouders in Drenthe gebeld. Die komen vanmiddag naar Amsterdam. Misschien kunnen ze hem gelijk meenemen.'
Vledder glimlachte.
'Een vreemde jongen. Eerst bedreigen hij en zijn broers de ontrouwe Jacqueline met de dood, zodat ze uit Drenthe vlucht, en nadat ze in Amsterdam de dood vond, weet hij met zijn spijt geen raad.'
De Cock maakte een schouderbeweging.
'Ik kan zijn gevoelens van schuld wel begrijpen,' sprak hij gelaten. 'Als Jacqueline in Drenthe was gebleven, dan had ze waar-

---

* Onze Lieve Vrouwe Gasthuis

schijnlijk nu nog geleefd. Door zijn dreigementen heeft hij haar naar Amsterdam verjaagd.'
Vledder keek hem lachend aan.
'Je verloor gisteravond een moment je geduld. Ik zag het aan je gezicht.'
De Cock maakte een hulpeloos gebaar.
'Ik kreeg even de smoor in toen Willem zo denigrerend over Amsterdam en haar bewoners sprak.'
Vledder grinnikte.
'Je zult toch moeten toegeven dat Amsterdam altijd een lastige stad is geweest.'
De Cock knikte.
'Een stad van veel oproer en rellen.'
'Volgens mij had Willem van Coevorden gisteravond gelijk. Als de stad op haar naoorlogs gedrag zou moeten worden beoordeeld, dan kon Amsterdam dat Heldhaftig, Vastberaden en Barmhartig wel vergeten.'
'Ik ben het niet met je eens,' gromde De Cock.
Vledder sloeg plotseling een hand voor zijn mond.
'Stom,' verzuchtte hij 'Ik ben het totaal vergeten. Je moest onmiddellijk bij commissaris Buitendam komen. De chef kwam exact om negen uur de grote recherchekamer binnenstuiven en vroeg naar jou.'
De Cock keek op zijn polshorloge.
'Dat is meer dan een uur geleden.'
Vledder gniffelde.
'Ik zou mijn borst maar nat maken. Volgens mij had hij ergens de pest over in.'

Commissaris Buitendam, de statige politiechef van bureau Warmoesstraat, wenkte De Cock met een slanke hand naderbij.
'Heeft Vledder jou niet verteld,' vroeg hij verrast, 'dat jij bij mij moest komen?'
De Cock knikte.
'Laat, een uur te laat. Het was hem ontschoten. Ik denk dat hij het niet zo belangrijk heeft gevonden.'
Op het vale gezicht van Buitendam verschenen lichte blosjes.

Hij wees naar de stoel voor zijn bureau.
'Ga zitten, De Cock,' sprak hij geaffecteerd.
De oude rechercheur schudde zijn hoofd.
'Ik blijf liever staan.'
'Zoals je wilt.' De commissaris zweeg even om indruk te maken, strekte zijn rug en ademde diep.
'Hoewel jouw gedrag, De Cock, in het verleden dikwijls enige correcties behoefde, heb ik jou in de meeste gevallen ongestoord je gang laten gaan.'
De commissaris hield opnieuw een kleine pauze en kuchte.
'Daarbij gold als overweging,' ging hij gedragen verder, 'dat jij als rechercheur vaak uiterst succesvol was... een feit waarvoor ik mijn ogen niet heb willen sluiten.'
De Cock trok denkrimpels in zijn voorhoofd en spreidde zijn armen in een hulpeloos gebaar.
'Waarom zo'n... eh, zo'n omhaal van woorden,' riep hij licht geprikkeld. 'Zeg gewoon rechtuit wat u op het hart hebt.'
Commissaris Buitendam schoof onrustig op zijn stoel heen en weer.
'Ik heb gisteravond een verbolgen meester Achterbroek aan de telefoon gehad. De officier van justitie vertelde mij dat jouw assistent Vledder hem had benaderd met de vraag of hij connecties onderhield met een callgirl.'
Buitendam schudde vol ongeloof zijn hoofd.
'Hoe heb je Vledder zo'n vraag kunnen laten stellen? Een officier van justitie en een callgirl.'
De Cock glimlachte.
'Een ongewilde combinatie?'
'Een onbestaanbare combinatie,' sprak de commissaris heftig knikkend.
De Cock snoof.
'Die stelling zou ik niet graag publiekelijk willen verdedigen.'
De ogen van Buitendam schoten vuur.
'Wat wil je daarmee zeggen?'
De Cock plukte aan het puntje van zijn neus.
'Dat er ook officieren van justitie zullen zijn die door seksuele perikelen worden geplaagd.'

De oude rechercheur zweeg even.
'Meester Achterbroek heeft aan u een verkeerde voorstelling van zaken gegeven.'
Buitendam schudde zijn hoofd.
'Dat lijkt mij niet mogelijk.'
De Cock boog zich iets naar voren.
'Wilt u van mij de ware toedracht horen of klampt u zich vast aan de versie van meester Achterbroek?'
Buitendam maakte een berustend gebaar.
'Ga je gang.'
De Cock ademde diep.
'Aan de woningdeur van de vermoorde Jacqueline Verpoorten,' vertelde hij rustig, 'meldde zich gisteren een man, die zich bediende van de naam Rudolf Achterbroek. Die man maakte later aan een buurvrouw bekend dat hij namens zijn oom schadevergoeding en smartengeld eiste inzake een mishandeling en beroving, gepleegd door callgirl Jacqueline en haar vriend Robert van Eijsden.'
Buitendam trok zijn kin iets omhoog.
'Wat heeft meester Achterbroek hiermee van doen?'
De Cock gebaarde.
'Jacqueline en haar vriend Robert van Eijsden hebben samen een man, genaamd Klaas van het Veer, beroofd. En die beroving, zo weet ik, heeft meester Achterbroek als officier van justitie in behandeling. Het leek mij belangrijk dat meester Achterbroek op de hoogte werd gebracht van het feit dat Jacqueline Verpoorten was vermoord en dat zij en haar vriend in het verleden vrijwel zeker meerdere berovingen hadden gepleegd. Bovendien was er die overeenkomst van naam, die mij intrigeerde.'
De oude rechercheur schudde zijn hoofd.
'Er is in dat gesprek met hem nooit een seksueel verband gelegd tussen meester Achterbroek en callgirl Jacqueline Verpoorten.'
'Ik denk dat meester Achterbroek dat wel zo heeft aangevoeld.'
De Cock maakte een hulpeloos gebaar.
'Dat is dan jammer.'
'Wat hebben jullie tegen die Rudolf Achterbroek ondernomen?'
'Niets.'

'Jullie hebben hem niet gearresteerd?'
De Cock keek zijn chef verwonderd aan.
'Waarvoor... welk artikel van het Wetboek van Strafrecht is op zijn gedrag van toepassing?'
Buitendam zwaaide geagiteerd.
'Weet ik veel.'
De Cock knikte en over zijn brede gezicht gleed een grijns.
'Dat is het... onze superieuren weten niet veel. Daarom gaat er zoveel mis. Ik heb thuis nog wel een paar oude leerboeken Strafrecht liggen. Misschien...'
De grijze speurder kwam niet verder.
Commissaris Buitendam kwam met een ruk uit zijn stoel overeind. Zijn gezicht zag rood en zijn lippen trilden.
Bevend strekte hij zijn arm naar de deur. 'Eruit.'
De Cock ging.

Vledder monsterde het gezicht van De Cock.
'Was het weer zover?'
De oude rechercheur maakte een grimas.
'Volgens commissaris Buitendam,' sprak hij gnuivend, 'zijn alle officieren van justitie in Nederland absoluut feilloos en al bij hun leven geheiligd. De heren kunnen geen kwaad bij hem doen.'
Vledder keek hem niet-begrijpend aan.
'Wat was er dan?'
'Meester Achterbroek was verbolgen omdat jij hem over Jacqueline Verpoorten had benaderd... hij vatte het op alsof jij vermoedde dat hij een relatie had met een callgirl.'
'Dat had hij toch,' reageerde Vledder fel. 'Als Jacqueline Verpoorten nog had geleefd, dan had hij een strafzaak tegen haar in behandeling.'
De Cock glimlachte.
'Buitendam vond ook dat wij iets tegen die Rudolf Achterbroek hadden moeten ondernemen.'
'Wat?'
De Cock spreidde zijn armen.
'Precies. Toen ik hem vroeg waarvoor... welk artikel van Strafrecht de man zou hebben overtreden, zei hij: "Weet ik veel."'

Over het gezicht van Vledder gleed een brede grijns.
'Dat had hij niet moeten zeggen. Ik kan mij indenken hoe de dialoog verder verliep.'
De Cock trok een nors gezicht.
'Ik reageerde dat onze superieuren heel vaak niet veel weten, dat in de praktijk daardoor veel misging, maar dat ik thuis nog wel een paar leerboeken over strafrecht had liggen.'
Vledder schaterde.
'Toen moest je zijn kamer af?'
De Cock knikte. 'Voor de achtenvijftigste keer in mijn leven.'
De telefoon op het bureau van de oude rechercheur rinkelde.
Vledder reikte naar het toestel, pakte de hoorn en luisterde. Het duurde slechts luttele seconden, toen legde hij met een loom gebaar de hoorn op het toestel terug.
De Cock bezag het gezicht van zijn jonge collega. Het stond strak.
'Wat is er?' vroeg hij gespannen.
Vledder beet op zijn onderlip.
'Er ligt weer een jonge vrouw dood in haar woning,' sprak hij mat.
'Waar?'
'Op de Brouwersgracht 512.'
De Cock fronste zijn wenkbrauwen.
'Kennen we dat adres?'
'Daar woont Marianne van Hoogwoud. Dat moet je weten. Ze heeft zelf haar adres aan jou opgegeven.'
'Callgirl van Lovable?'
'Precies.'
De Cock schudde misnoegd zijn hoofd.
'Het zal toch niet waar zijn?'
Vledder boog zich naar hem toe.
'En raadt eens door wie onze wachtcommandant beneden werd gebeld?'
'Geen idee.'
'Everdine de Bruijn.'
De Cock trok zijn neus iets op.
'Everdine de Bruijn,' herhaalde hij geschokt.
Vledder knikte.
'Ze blijft wachten op onze komst.'

12

Vledder klapte met de volle vuist van zijn rechterhand op het blad van zijn bureau.
'Karel van Montfoort,' siste hij verbeten. 'Ik bezweer het je, het is Karel van Montfoort. Dat is de man achter al die moorden. Marianne van Hoogwoud was zijn derde ex-geliefde. Wie weet tegen hoeveel ex-geliefden die man een wrok heeft. Laten we die vent toch arresteren voor hij nog meer slachtoffers maakt.'
De Cock reageerde niet. De oude rechercheur blikte naar de klok boven de deur van de grote recherchekamer. Het was kwart over een. Hij kwam uit zijn stoel overeind en wendde zich tot Vledder.
'Hoe laat heb jij vanmiddag die sectie?'
'Twee uur.'
'Breng mij met de Golf naar dat adres op de Brouwersgracht. Dan rij jij vandaar door naar Westgaarde. We kunnen dokter Rusteloos niet bij het lijk van Henriëtte Vermeer laten wachten.'
Vledder keek hem vragend aan.
'En wat doe ik na de sectie?'
'Dan ga je terug naar de Kit. Als ik klaar ben met mijn onderzoek op de Brouwersgracht, loop ik dat stukje wel naar de Warmoesstraat.'
De oude rechercheur sjokte naar de kapstok.
Vledder kwam hem na.
'Als dokter Rusteloos op Westgaarde niet te lang werk heeft, kom ik liever naar de Brouwersgracht.'
'Zo je wilt.'
Ze verlieten de recherchekamer en zakten de twee stenen trappen af naar de hal. Jan Kusters achter de balie wenkte hen naderbij.
'Ik heb een surveillancewagen naar de Brouwersgracht gestuurd,' sprak hij gehaast. 'Jan Peekel meldde zich zojuist via de mobilofoon. Hij sprak van ecn derde kopietje en vertelde

dat hij bij de dode vrouw ook een levende vrouw had aangetroffen.'
De Cock knikte.
'Ik begrijp de uitdrukking "derde kopietje". Hij was ook bij de twee vorige moorden. De levende vrouw is Everdine de Bruijn. Zij gaf de melding aan jou door. Waarschuw alvast de meute voor me.'
'Dat heeft Jan Peekel al gedaan.'
'Prachtig.'
De oude rechercheur liep het bureau uit.
Vledder volgde.
Via de Oudebrugsteeg liepen ze door de regen naar de houten steiger achter het politiebureau. Bij het portier van de Golf bleef De Cock even staan en keek omhoog. De regen kletterde op zijn gezicht.
'Ik hoop niet,' gromde hij, 'dat Marianne van Hoogwoud in dit onzalige uur werd vermoord.'
Vledder keek hem niet-begrijpend aan.
'Onzalige uur?'
De Cock wees omhoog.
'De hemel zit potdicht. Daar komt geen ziel door.'
Vledder opende het portier en stapte in. Toen De Cock naast hem zat, keek hij opzij en vroeg weifelend: 'Denk jij dat Marianne van Hoogwoud voor een plek in de hemel in aanmerking komt?'
De Cock knikte nadrukkelijk.
'Hoeren en tollenaars,' sprak hij opgewekt, 'ze waren Onze-Lieve-Heer het dierbaarst.'

Jan Peekel tikte ter begroeting tegen de rand van zijn uniformpet.
'Ik heb die levende vrouw,' meldde hij, 'maar zolang in onze surveillancewagen laten plaatsnemen. Ze was helemaal in de war. Ze huilde en jammerde bij het lijk of ze een familielid had verloren. Ik was een moment bang dat ze zich op die dode griet zou storten.'
De Cock grinnikte.
'Pas op dat ze niet verdwijnt.'

Jan Peekel schudde zijn hoofd.
'Mijn maat let op haar.'
'Heeft ze nog iets gezegd?'
Jan Peekel antwoordde niet direct. Hij liep vanuit de keuken voor de oude rechercheur uit naar de woonkamer. Daar wees hij naar een dode vrouw op het marmoleum.
'Zij heet Marianne van Hoogwoud. Dat was alles wat ik uit haar kon krijgen.'
De Cock knikte.
'Dat is juist. Zij is Marianne van Hoogwoud. Een paar dagen geleden heb ik nog met haar gesproken.'
'Een knap grietje.'
De Cock reageerde niet. Hij keek naar het lange blonde haar, dat als een waaier om haar hoofd hing. Haar bruine wijd opengesperde ogen staarden in het niets. Een klein stukje van haar tong hing uit haar mond. Om haar hals, dicht in het vlees gesnoerd, zat een roze sjaal. De helblauwe kamerjas die ze droeg, was kuis om haar lichaam gedrapeerd. Hij vermoedde het werk van de man of vrouw die haar had gewurgd. Er waren ook dit keer geen sporen van een worsteling.
De oude rechercheur hurkte bij de dode vrouw neer en drukte de rug van zijn hand tegen haar wang. Daarna voelde hij even aan haar kin.
'Ze is al een paar uur dood,' sprak hij opkijkend. 'Ik denk dat het gisteravond is gebeurd.'
Toen hij overeind kwam, kraakten zijn knieën.
Jan Peekel stootte hem van opzij aan.
'Waar is uw maat?'
'Naar de gerechtelijke sectie op het lijk van de vorige.'
'Die van de Haarlemmer Houttuinen?'
'Precies.'
Jan Peekel wees naar het lijk.
'Alles wijst op het werk van een en dezelfde dader... een seriemoordenaar?'
De Cock trok een bedenkelijk gezicht.
'Bij een seriemoordenaar is vaak seks het motief... seks in alle vormen die je maar denken kunt.'

Hij schudde zijn hoofd.
'Bij de drie vrouwen die tot nu toe het slachtoffer zijn geworden, is seksueel niets gebeurd.'
Bram van Wielingen kwam de kamer binnen. Hij legde zijn aluminium koffertje in een lege stoel en liep op De Cock toe.
'Ga je je leven beteren?'
'Hoezo?'
Van Wielingen zwaaide met zijn armen.
'Geen gestoei in de nacht met lijken, maar keurig overdag tijdens de normale diensttijd.'
De Cock schudde zijn hoofd.
'Ik kies de momenten niet zelf uit.'
De fotograaf blikte naar het lijk op de vloer.
'Verrek... nog een.'
De Cock knikte met een zucht.
'En ik ben er niet blij mee.'
Van Wielingen grinnikte.
'Dat snap ik.'
De Cock zag dokter Den Koninghe in de deuropening staan. Achter hem torenden twee levensgrote broeders van de Geneeskundige Dienst met hun brancard.
De oude rechercheur wendde zich snel tot de fotograaf.
'Schiet gauw een paar plaatjes zoals ze daar ligt, voordat de lijkschouwer uit piëteit haar ogen sluit.'
De Cock liep op dokter Den Koninghe toe en schudde hem hartelijk de hand.
'Ik vrees,' sprak hij somber, 'dat we weer met dezelfde dader te maken hebben.'
De oude lijkschouwer liep aan hem voorbij. Terwijl Bram van Wielingen nog flitste, hurkte hij bij het lijk neer. Met een devoot gebaar drukte hij met duim en wijsvinger de oogleden toe.
Toen hij na zijn onderzoek overeind kwam, keek hij met een trieste blik naar De Cock op.
'Het vrouwtje was feitelijk te jong en te mooi om nu al te sterven.'
De Cock onderdrukte een grijns.
'Haar moordenaar dacht daar blijkbaar anders over.'

Dokter Den Koninghe poetste de glazen van zijn ziekenfondsbrilletje.
'Ze is dood.'
De Cock glimlachte.
'Dat vermoedde ik al.'
'Geruime tijd. Ik schat dat haar dood zo'n vijftien à zeventien uur geleden intrad.'
De Cock knikte begrijpend.
'Gisteravond,' verzuchtte hij. 'Onze moordenaar slaat alleen 's avonds toe.'
Bram van Wielingen maakte een shot van het meubilair en gniffelde.
'Overdag,' reageerde hij snuivend, 'heeft de goede man geen tijd... dan is hij aan het werk.'
De Cock keek de fotograaf een paar seconden peinzend aan. Daarna nam hij afscheid van dokter Den Koninghe en wenkte de broeders met hun brancard naderbij.
Terwijl hij geboeid toekeek hoe de broeders het lijk van Marianne op de brancard legden, een laken over haar heen drapeerden, de canvasflappen toesloegen en de riemen vastsjorden, gonsde het door zijn hoofd: overdag heeft de goede man geen tijd... dan is hij aan het werk. Het leek een hint om te onthouden.
Zachtjes wiegend droegen de broeders het lichaam van Marianne op de brancard de kamer af.
De oudste broeder keek om en vroeg:
'Westgaarde?'
De Cock knikte traag.
'Het beproefde recept. Een nieuwe prooi voor dokter Rusteloos.'
De broeder lachte.
De Cock overdacht ineens hoeveel slachtoffers van moord en doodslag hij in zijn lange loopbaan als rechercheur al van de PD had zien wegdragen. De gedachte vervaagde. Het waren er te veel.
Bram van Wielingen liep op hem toe.
'Ik ben klaar. Morgenochtend heb je de plaatjes op je bureau. Op Ben Kreuger hoef je vandaag niet te rekenen. De dactylos-

coop is bezig bij een roofoverval op een bank waarbij slachtoffers zijn gevallen.'
De Cock knikte begrijpend.
'Ik maak wel een afspraak met hem voor morgen.'
De fotograaf nam zwaaiend afscheid.
De Cock glimlachte tegen Jan Peekel, die wachtend tegen een muur stond geleund.
'Ga je terug naar de Kit?'
'Ja.'
'Mag ik met je mee?'
'Natuurlijk.'
De Cock sloot de woning af met de sleutel die hij aan de binnenzijde van de toegangsdeur vond. Met Jan Peekel daalde hij de trappen af.
Buiten op de Brouwersgracht opende hij het achterportier van de surveillancewagen, schoof haar rode plastic tasje iets verder naar haar toe en nam naast Everdine de Bruijn plaats.
Ze keek met een betraand gezicht naar hem op.
'Ik zag hoe de broeders haar op de brancard in de ambulancewagen schoven. Waar gaat ze heen?'
'Westgaarde.'
'Wordt ze daar ook begraven?'
'Vermoedelijk.'
Everdine de Bruijn schudde haar hoofd.
'Ze was nog zo jong,' sprak ze triest, 'en ze had nog zoveel plannen.'
De Cock keek haar van terzijde aan.
'Hebt u er bezwaar tegen,' vroeg hij vriendelijk, 'dat wij ons gesprek aan de Warmoesstraat voortzetten?'
Zonder haar antwoord af te wachten gaf hij Jan Peekel een teken dat hij kon vertrekken.

Everdine de Bruijn hing haar rode glimmende mantel aan de kapstok. Voordat ze op de stoel naast het bureau van De Cock plaatsnam, deed ze haar zuidwesterhoedje af. Haar lange gitzwarte haren gleden glanzend langs haar gezicht. Ze zette haar rood plastic handtasje op haar schoot en keek De Cock wat uitdagend aan.

'En?'
De oude rechercheur negeerde haar blik. Hij monsterde de deplorabele toestand van haar make-up en wees naar haar handtasje.
'Bekijk uzelf eens in een spiegeltje. Sommige vrouwen voelen zich onzeker wanneer hun make-up niet deugt. Ik wil niet dat u zich onzeker voelt.'
'Ik voel mij niet onzeker,' reageerde Everdine bits.
De Cock glimlachte
'Kijk toch maar even in een spiegeltje.'
Everdine deed haar tasje open en bekeek zichzelf lang en aandachtig. Met een minuscuul zakdoekje wreef ze haar verveegde mascara weg en bracht aan haar make-up nog wat reparaties aan.
Voorzichtig deed ze het spiegeltje en het zakdoekje terug in haar tasje en keek glimlachend op.
'Het was inderdaad een puinhoop.'
De Cock knikte.
'Dat vond ik ook. Ik kijk het liefst naar goedverzorgde vrouwen.'
Hij zweeg even.
'Volgens mijn collega heeft de dood van Marianne van Hoogwoud u nogal aangegrepen. Uw verdriet om haar dood leek oprecht. Kende u haar goed?'
Everdine liet haar hoofd iets zakken.
'Ik hield van Marianne. U moet dat niet verkeerd opvatten. Er was niets tussen ons... geen gewriemel. Ik beschouwde Marianne gewoon als mijn dochter. Ze was een lieve meid en bijzonder intelligent.'
'Toch werkte ze als callgirl?'
Everdine maakte een schouderbeweging.
'Om haar studie te bekostigen.'
'Bij Lovable?'
'Ja.'
'Wie is Lovable?'
Het duurde even voor Everdine antwoordde.
'Mijn man en ik.'
De Cock keek verrast op.
'U en uw man?'

Everdine knikte.
'Wij verzorgen de contacten voor de meisjes. De aanvragen komen bij ons binnen. Uiteraard kunnen en mogen de meisjes ook zelf contacten leggen.'
De Cock dacht na.
'Houden u en uw man een administratie bij?'
Everdine schudde haar hoofd.
'Wij proberen de veiligheid van de meisjes zoveel als doenlijk te garanderen, dat wel, maar wij bewaren geen namen en adressen van onze contacten. De bedoeling is dat de privacy van de mannen die gebruikmaken van een callgirl, niet wordt aangetast.'
De Cock knikte begrijpend.
'Hoe verliep uw ontdekking vanmiddag?'
Everdine de Bruijn zuchtte.
'Ik kreeg al een angstig voorgevoel toen ik de deur van haar woning open trof. De situatie was vrijwel gelijk als bij mijn bezoek aan Henriëtte Vermeer in de Haarlemmer Houttuinen. Ook toen stond alles open.'
'Waarom liep u nu niet weg.'
'Ik vond dat ik het bij Henriëtte Vermeer niet goed had gedaan,' zei Everdine hoofdschuddend. 'Dat heb ik u al opgebiecht. Hoewel de schok nu groter was, mijn relatie tot Marianne was veel intiemer, voelde ik mij nu sterker.'
'Waarom bezocht u Marianne vanmiddag?'
Everdine spreidde haar handen.
'Om afscheid van haar te nemen.'
De Cock fronste zijn wenkbrauwen.
'Afscheid?'
Everdine knikte.
'Marianne had te kennen gegeven dat ze met haar werk als callgirl voor Lovable stopte. Ze was van plan om naar Amerika te gaan om daar haar studie voort te zetten.'
De Cock trok een denkrimpel in zijn voorhoofd.
'Marianne van Hoogwoud,' overpeinsde hij hardop, 'financierde hier haar studie door als callgirl te werken. Wilde ze zich in Amerika ook als callgirl aandienen?'
Everdine schudde haar hoofd.

'Marianne speelde al jaren in de Staatsloterij. Ze kreeg voor elke trekking altijd zeven loten opgestuurd. Er was nooit wat voor haar bij. Daarover beklaagde zij zich vaak. Maar bij de laatste trekking won ze plotseling een prijs van vierhonderdduizend gulden. Met dat geld zou ze haar studie in Amerika gaan financieren.'
Everdine liet haar hoofd weer zakken. Haar lange zwarte haren gleden als een gordijn voor haar gezicht.
'Ik was zo blij voor haar,' sprak ze snikkend. 'Ik heb haar een paar maal gekust en gefeliciteerd. Ik gunde het haar zo.'
De Cock zuchtte.
'Het was achteraf toch niet zo'n gelukkig lot.'
Everdine schudde haar hoofd.
'Het leven is soms zo gemeen, zo bitter, zo ongelooflijk triest, dat je er alleen maar om kan janken.'
Ze maakte haar handtasje open, nam daaruit een gouden armband en hield die omhoog.
'*Close forever*... die kwam ik haar tot afscheid brengen.'

13

Vledder kwam met afhangende schouders de grote recherchekamer binnen, slofte naar zijn bureau en liet zich zuchtend in zijn stoel zakken.
De Cock lachte.
'Je ziet er niet bepaald opgewekt uit.'
Vledder schudde zijn hoofd.
'Dokter Rusteloos talmde verschrikkelijk. In de regel werkt hij snel en geconcentreerd. Maar vandaag had hij er helemaal geen zin in.'
'Dat kan toch? De man is hoogbejaard.'
Vledder knikte.
'Hij zou zijn assortiment ontleedmessen aan de wilgen moeten hangen.'
'Dan zijn wij ook al zijn bekwaamheden en kennis kwijt.'
'Hij moet er toch eens mee ophouden,' reageerde Vledder snibbig.
'Had hij nog opmerkingen?'
De jonge rechercheur grinnikte.
'Hij zei dat hij aan zijn rapporten over de sectie niet veel behoefde te veranderen... alleen de naam.'
Vledder keek op.
'Ik ben nog langs de Brouwersgracht gereden, maar je was al weg.'
De Cock maakte een berustend gebaar.
'Er behoefde niet veel te gebeuren. Er was geen enkele verrassing of afwijking. We kunnen ook bij onze processen-verbaal alleen de naam veranderen.'
'Heeft Ben Kreuger nog wat gevonden?'
De Cock schudde zijn hoofd.
'Het dactyloscopisch onderzoek doen wij morgen. Ik moet nog een afspraak met hem maken. Hij zat vandaag vast bij een andere zaak.'

'Ze mogen de dactyloscopische dienst wel uitbreiden. De man is overbelast.'
'Dat zal ook wel gebeuren.'
De oude rechercheur zweeg even en schudde een paar keer met zijn hoofd.
'Ik heb op de Brouwersgracht,' ging hij peinzend verder, 'ook nog niet in haar papieren gesnuffeld. Dat moet jij morgen maar doen.'
Vledder knikte begrijpend.
'Wat heb je met Everdine de Bruijn gedaan?'
'Meegenomen naar de Kit en hier uitgebreid verhoord.'
'Wat kwam ze bij Marianne van Hoogwoud doen?'
De Cock gebaarde.
'Everdine de Bruijn beschouwde Marianne min of meer als haar eigen dochter. De ontdekking van haar dood heeft Everdine sterk aangegrepen. Volgens Jan Peekel was haar verdriet oprecht.'
Vledder toonde zich prikkelbaar.
'Wat kwam ze doen?' herhaalde hij dwingend.
'Afscheid nemen.'
Vledder keek hem verrast aan.
'Afscheid nemen... van wie, van wat?'
'Van Marianne van Hoogwoud. De callgirl had haar dienstverlening bij Lovable beëindigd. Ze zou naar Amerika gaan om daar haar studie bedrijfskunde voort te zetten.'
Vledder maakte een schuivende beweging met zijn duim en kromme wijsvinger.
'Wie zou dat betalen?'
De Cock glimlachte.
'Dat vroeg ik mij ook af.'
'En?'
'Volgens Everdine de Bruijn had Marianne van Hoogwoud, die al jaren in de Staatsloterij speelde, recent een forse prijs van vierhonderdduizend gulden gewonnen.'
Vledder fronste zijn wenkbrauwen.
'Daarmee zou zij haar reis naar Amerika en haar studiekosten financieren?'

De Cock knikte.
'Volgens Everdine de Bruijn.'
'Geloof jij dat?'
De Cock trok gelaten zijn schouders op.
'De Staatsloterij,' reageerde hij mat, 'keert bij elke trekking grote geldbedragen uit. Er zijn altijd mensen die een fikse prijs in de wacht slepen. Waarom zou Marianne niet tot de gelukkigen behoren?'
Vledder trok een bedenkelijk gezicht.
'Ik krijg er zo'n vreemd gevoel over.'
'Gefundeerd?'
Vledder glimlachte.
'Niet echt.'
'Zou dat vele geld verband houden met de moord?' bepeinsde de jonge rechercheur
De Cock schudde zijn hoofd.
'Daar geloof ik niet in. Jacqueline Verpoorten en Henriëtte Vermeer waren straatarm. Volgens mij speelt geld bij deze moorden geen enkele rol.'
'Wat dan?'
'Wrok, wraak.'
Vledder stak zijn kin iets omhoog.
'Karel van Montfoort.'

De Cock had moeie voeten. Hij voelde ze. Het begin van de pijn meldde zich al midden in zijn discussie met Vledder over een al of niet gelukkige Marianne van Hoogwoud in de Staatsloterij.
Hij leunde verder achterover en legde zijn voeten op een hoek van zijn bureau. Met een van pijn vertrokken gezicht bevoelde hij zijn kuiten. Het was alsof geniepige kleine duiveltjes uit pure boosaardigheid met duizend scherpe spelden in zijn kuiten prikten.
De Cock kende de pijn die uit de holten van zijn voeten kwam, langs zijn hielen omhoogtrok en zich vastzette in zijn kuiten. De oude speurder wist ook wat die pijn betekende. Telkens als de zaken slecht liepen, als hij het machteloze gevoel had volko-

men in het duister te tasten en geen enkele voortgang meer te boeken, gaven die helse duiveltjes acte de présence.
Vledder keek hem bezorgd aan.
'Zijn ze er weer?'
De grijze speurder knikte en sloot zijn ogen. Minutenlang bleef hij zo zitten, bewegingloos en geconcentreerd. Zijn markant gezicht leek een stalen masker. Om de pijn te verdrijven zette hij zijn tanden stevig in zijn onderlip.
'Het trekt al weer weg,' sprak hij mat.
Vledder trok een droevig gezicht.
'Is het werkelijk zo erg?'
'Wat?'
De jonge rechercheur wees naar De Cocks pijnlijke onderdanen.
'Die... eh, die duiveltjes... dat je er geen gat meer in ziet?'
De Cock nam zijn benen van het bureau, trok de pijpen van zijn pantalon iets op en begon langs zijn kuiten te wrijven.
'Die pijn verdwijnt wel weer,' sprak hij zuchtend. 'Die duurt hoogstens een paar minuten. Wat blijft is een angstig voorgevoel.'
Vledder keek hem vragend aan.
'Wat voor een voorgevoel?'
De Cock liet zijn broekspijpen zakken.
'Na drie moorden en dagen van intensief speuren zijn wij in deze zaak in feite nog geen stap verder gekomen.' De oude rechercheur schudde met een bedroefd gezicht zijn hoofd. 'Dat maakt mij bezorgd.'
Vledder grijnsde hoofdschuddend.
'Er is geen enkele reden voor bezorgdheid,' sprak hij ferm. 'Die laatste moord op Marianne van Hoogwoud is voor ons nog maar enkele uren oud. Wij zijn nog lang niet tot op de bodem van ons onderzoek.'
Het gezicht van De Cock betrok.
'Dat voorgevoel...'
Vledder keek zijn oudere collega met een blik vol ongeloof aan.
'Jij denkt,' onderbrak hij De Cock geschrokken, 'dat... eh, dat we er niet uitkomen... dat wij de moordenaar nooit zullen vatten?'

'Dat is toch mogelijk. Hoeveel moorden blijven er in ons land niet onopgelost?'
Vledder schudde resoluut zijn hoofd.
'Niet bij ons, ik bedoel, niet bij jou. Zolang wij samen zijn... ik kan mij niet herinneren dat wij ooit een zaak hebben laten zakken.'
Op het gezicht van De Cock brak een glimlach door.
'Misschien is het bijgeloof.'
'Wat?'
'Dat mijn moeie voeten iets met de stand van ons onderzoek te maken hebben.'
Vledder lachte bevrijd.
'Vast! Jij bent toch een Urker?'
De Cock knikte.
'Vanaf mijn geboorte.'
Vledder grinnikte.
'Ik heb mij laten vertellen dat alle oude Urkers, hoewel de meesten uiterst vroom, toch vaak een tikkeltje bijgelovig zijn.'
De Cock reageerde niet. Hij kwam moeizaam uit zijn stoel overeind. Met een van pijn vertrokken gezicht, zo nu en dan aan zijn kuiten voelend, begon hij door de grote recherchekamer te stappen. In de cadans van zijn tred lieten zijn gedachten zich gemakkelijker ordenen. Er moest toch, zo bepeinsde hij, een doorbraakmogelijkheid zijn, een middel om uit de impasse te geraken?
Terwijl het raderwerk van zijn denken net op volle toeren begon te draaien, werd de oude rechercheur gestoord. Een forsgebouwde man stapte, zonder vooraf te kloppen, dreunend de grote recherchekamer binnen. De Cock herkende Karel van Montfoort.
Pal voor de grijze speurder bleef de man staan. Zijn gezicht zag felrood en zijn ogen flikkerden.
'Ze hebben nu ook Marianne van Hoogwoud te pakken gehad,' snauwde hij bitter.
De Cock keek hem onbewogen aan.
'Hoe weet je dat?'
'Ik was bij haar aan de deur.'

'Hoe laat?'
'Een halfuur geleden. Toen ze niet opendeed, heb ik bij de buren geïnformeerd. Een vrouw vertelde mij dat ze u op de Brouwersgracht hadden gezien met een ambulancewagen en een koppeltje uniformmensen.'
'Toen wist u genoeg?'
Karel van Montfoort liet zijn hoofd iets zakken.
'Ik kon het raden.'
'U was van plan haar te bezoeken?'
Van Montfoort knikte traag. Het felle rood was langzaam uit zijn gezicht gezakt.
'Ik wilde horen wat precies haar plannen waren... ik wilde ook afscheid van haar nemen. Ik meende dat ik dat moest doen... dat ik daar recht op had. Ik heb toch een tijdje met haar samen geleefd.'
De Cock draaide zich om en liep naar zijn bureau. Hij beduidde Karel dat hij naast hem moest gaan zitten. Geduldig keek hij toe hoe de man plaatsnam.
'Wat voor plannen had Marianne?' vroeg hij overbodig.
'Ze zou voorgoed naar Amerika gaan om daar verder te studeren.'
'Wie vertelde u dat?'
Karel van Montfoort zwaaide met een machtige arm.
'Ik heb het van verschillende kanten gehoord. Ik kreeg het idee dat Marianne het zelf flink had rondgebazuind. Het wereldje van die meiden is maar klein. Ik hoorde ook dat ze bij Lovable had opgezegd.'
De Cock keek hem onderzoekend aan.
'Ken jij Everdine de Bruijn?'
'Ja.'
'Met haar een relatie gehad?'
'Nee.'
'Niet aantrekkelijk genoeg?'
Karel schudde zijn hoofd.
'Ik pap nooit aan met getrouwde vrouwen. Everdine is getrouwd. Zij en haar man runnen Lovable.'
De Cock veranderde van onderwerp.

'Speelde Marianne in de Staatsloterij?'
Karel knikte nadrukkelijk.
'Ze kreeg altijd zeven loten opgestuurd. Zeven bracht volgens haar geluk. Ze had meer van die trekjes. Als iets door zeven deelbaar was, bracht het voorspoed.'
De Cock nam een lange pauze. Hij staarde enkele minuten zwijgend voor zich uit en wees toen naar Vledder.
'Mijn jonge collega is ervan overtuigd,' sprak hij bewogen, 'dat u persoonlijk verantwoordelijk bent voor de gepleegde moorden.'
'Ik?'
De Cock knikte.
'U hebt omgang gehad met zowel Jacqueline Verpoorten, als met Henriëtte Vermeer en Marianne van Hoogwoud. Alle drie hebben ze u bedrogen en verlaten. Dat is volgens mijn jonge collega het motief van uw daden.'
Karel van Montfoort draaide zich om naar Vledder. Het felle rood kwam op zijn gezicht terug.
'Uw collega is gek,' siste hij.
De Cock schudde zijn hoofd.
'Mijn jonge collega is niet gek,' sprak hij uiterst rustig. 'In tegendeel, hij is bijzonder intelligent. En ik moet u eerlijk bekennen, dat ik bereid ben om zijn inzichten te delen.'
Karel van Montfoort keek hem wild aan.
'Welke inzichten?'
De Cock trok zijn gezicht strak.
'U hebt het ons zelf geopenbaard... u bent met heel veel vrouwen een intieme relatie aangegaan. Dat duidt op ijdelheid en hoogmoed.'
De oude rechercheur spreidde zijn armen.
'IJdele en hoogmoedige mannen,' sprak hij zalvend, 'worden niet graag vernederd. Dat kunnen ze geestelijk slecht verwerken. Die vernedering tast hun gevoel van eigenwaarde aan. Daar kunnen ze niet mee leven. Hun reactie is wrok, rancune... moord.'
Karel van Montfoort keek hem verbijsterd aan.
'Dat meent u?'
De Cock knikte nadrukkelijk.
'Absoluut.'

Karel Van Montfoort schudde vertwijfeld zijn hoofd.
'Ik heb die vrouwen niet vermoord,' schreeuwde hij. 'Ik heb van ze gehouden. De tijden dat ik met hen omging was ik zielsgelukkig.'
De Cock keek hem doordringend aan.
'Achteraf,' sprak hij scherp, 'hebben die drie vrouwen u getoond dat zij uw liefde niet waard waren. Er zijn maar weinig mannen die dat kunnen verkroppen.'
De oude rechercheur strekte zijn hand naar hem uit.
'U kon dat niet.'
Karel van Montfoort snoof.
'Ik kon dat wel.'
De Cock maakte een hulpeloos gebaar.
'Waarom dan die moorden?'
Van Montfoort greep met geklauwde handen naar zijn voorhoofd.
'Je maakt me gek,' gilde hij. 'Krankzinnig. Je praat mij dingen aan die ik niet heb gedaan. Ik heb die vrouwen niet vermoord. Hoe vaak moet ik je dat nog zeggen? Ik ben de verkeerde. Je moet die idiote Robert van Eijsden hebben, met wie Jacqueline het laatst knoeide.'
'Die is voortvluchtig... zit vermoedelijk in Frankrijk.'
Karel grijnsde breed.
'Jullie zoeken slecht. Ik zag hem van de week schuifelen op het Damrak in Amsterdam.'

Vledder zuchtte diep.
'Hij sloeg niet door.'
De Cock schudde zijn hoofd.
'Hij sloeg niet door,' herhaalde hij gelaten. 'Ik heb hem maar weer laten gaan. Ik zag geen andere mogelijkheid.'
Hij keek naar Vledder op.
'Ik hoop dat je het dit keer met mij eens bent. Ik heb beslist mijn uiterste best gedaan om hem tot een bekentenis te brengen.'
'Je was geweldig goed,' sprak Vledder bewonderend. 'Echt waar. Ik heb met spanning geluisterd. Je bracht argumenten naar voren waaraan ik geen moment heb gedacht... ijdelheid en hoogmoed. Hoe kom je erop?'

De Cock schonk hem een matte glimlach.
'Het is mij niet aan komen waaien. Ik heb in mijn lange loopbaan bij de recherche een paar moorden behandeld waarbij ijdelheid, hoogmoed en gekrenkte trots een grote rol speelden.'
'Vandaar.'
De Cock knikte.
'Je moet in dit vak,' sprak hij grinnikend, 'oud worden om het goed te kunnen doen.'
Vledder boog zich iets naar voren.
'Schrappen we Karel van Montfoort als mogelijke dader?'
De Cock schudde langzaam zijn hoofd.
'Hij heeft mijn aanval goed doorstaan. Dat kan betekenen dat hij inderdaad onschuldig is, maar het kan ook betekenen dat hij gemener en doortrapter is dan wij vermoeden.'
Vledder maakte een droevige grimas.
'Hij... eh, Karel van Montfoort,' sprak hij haperend, 'is zo'n ideale dader... een man met een aardig begrijpelijk motief. Waarom roept die man niet gewoon: "Ja, ik was het." Dan waren we overal vanaf geweest.'
De Cock kon een glimlach niet onderdrukken.
'In penozekringen kent men al sinds jaar en dag een oud gezegde: bekennen is hangen. Ik denk dat Karel van Montfoort niet wil hangen.'
De telefoon op het bureau van De Cock rinkelde. Hij strekte zijn hand naar de hoorn uit, maar Vledder was hem voor.
De oude rechercheur lette op het gezicht van zijn jonge collega. Er was alleen een licht spoor van verbazing. Toen Vledder de hoorn op het toestel teruglegde, keek De Cock hem vragend aan.
'Wie was het?'
'Een rechercheur van het bureau Remmerdenplein.'
'En?'
'Ze hebben Robert van Eijsden gearresteerd.'

14

Toen De Cock de volgende morgen na een lange verkwikkende nachtrust – hij lag om tien uur al in bed – de grote recherchekamer binnenstoof, trof hij Vledder tot zijn verbazing niet op zijn vertrouwde stek achter zijn computer.
Op het blad van zijn eigen bureau trof hij een briefje met de tekst:

Beste Jurrian,
Ik ben met Ben Kreuger van de Dactyloscopische Dienst naar de Brouwersgracht naar de woning van Marianne van Hoogwoud. Hij had mij nodig voor de sleutel. Kijk intussen de processen-verbaal na, die ik tot nu over de affaire van de callgirls heb opgemaakt. Als het kan ontwijk Buitendam. Hij liep vanmorgen rond met een gezicht van zeven dagen storm. En dat belooft niet veel goeds.

Dick

Op het moment dat commissaris Buitendam met een rood hoofd briesend op de grote recherchekamer verscheen, frommelde De Cock snel het briefje tot een prop en wierp het in de prullenbak.
De commissaris wenkte autoritair.
'Kom mee,' gebood hij kortaf.
De Cock liep gedwee achter de commissaris aan naar zijn kamer.
Buitendam nam daar achter zijn immens grote bureau plaats.
Hij keek De Cock met een strak gezicht aan.
'Jij blijft staan?' vroeg hij nors.
De Cock knikte traag.
'Inderdaad, ik blijf staan. Als ik naar de uitdrukking op uw gezicht kijk, lijkt mij dat het beste.'
Buitendam negeerde de opmerking. Hij tikte met een kromme vinger op het mutatierapport voor zich op zijn bureau.

'Alweer een moord op een jonge vrouw!' riep hij kwaad. 'Dat is al de derde binnen enkele dagen. Hoeveel moorden moeten er nog volgen voordat jij in actie komt?'
De Cock keek hem verwonderd aan.
'Tot actie komt?' herhaalde hij niet-begrijpend.
Buitendam snoof.
'Voor jij wat doet.'
De Cock reageerde onbewogen.
'Geldt dit als een verwijt?' vroeg hij gelaten.
Buitendam knikte nadrukkelijk.
'Meester Medhuizen, onze officier van justitie, heeft mij vanmorgen vragen gesteld... kritische vragen over de stand van het onderzoek.'
De Cock grijnsde.
'Uiteraard,' sprak hij spottend, 'hebt u toen geantwoord dat u de beste rechercheur van Amsterdam, Azië en omstreken, de zaak in behandeling had gegeven en dat daarmee de heer officier van justitie was verzekerd van de garantie dat de zaak snel zal worden geklaard.'
Buitendam snoof opnieuw.
'Jij behoeft mij niet te zeggen,' brulde hij, 'hoe ik een officier van justitie te woord dien te staan.'
De Cock maakte een afwerend gebaar.
'Het was maar een suggestie... een vriendelijke aanwijzing hoe het zou kunnen. Ik heb vaak het idee dat tijdens uw onderhoud met leden van de justitie het venijn in uw teksten ver is te zoeken.'
Commissaris Buitendam kwam uit zijn stoel overeind. Zijn gezicht zag rood en zijn neusvleugels trilden. Hij strekte zijn arm naar de deur.
'Eruit.'
De Cock ging.

Toen de grijze speurder in de grote recherchekamer terugkwam, zat Vledder alweer achter zijn computer. De jonge rechercheur monsterde het gezicht van De Cock.
'Was het weer zover?'
De oude rechercheur knikte lachend.

'Het was kort maar hevig.'
'Ik heb je nog zo gewaarschuwd.'
De Cock schudde zijn hoofd.
'Dat moet je nooit meer doen met zo'n briefje. Als Buitendam het had gevonden...' Hij maakte zijn zin niet af.
'Heb je vanmorgen nog contact gehad met de mensen van het Remmerdenplein?'
Vledder knikte.
'De rechercheurs daar hebben naar mijn mening goed werk gedaan. Toen werd getipt dat Robert van Eijsden in Amsterdam was, hebben ze niet direct ingegrepen, maar hem eerst een tijdje gevolgd.'
'Netjes,' zei De Cock met een glimlach.
'Eerst toen ze de plek hadden ontdekt waar hij zich schuil hield, hebben ze hem gearresteerd. Op zijn schuilplaats hebben ze een heel arsenaal aan vuurwapens gevonden. Veelal revolvers van Amerikaanse makelij. De technische dienst is bezig te onderzoeken of een of meerdere van die wapens bij recente liquidatiemoorden is of zijn gebruikt. Men denkt daarbij onder meer ook aan de moord op Leonidas ter Abbestede.'
De Cock knikte.
'De poging tot liquidatie, die wij aanvankelijk in onderzoek hadden.'
'Precies.'
'Wanneer mogen wij Robert van Eijsden verhoren?'
Vledder trok zijn schouders op.
'Wanneer wij maar willen.'
De Cock glimlachte.
'Hoe coulant.'
Vledder knikte.
'Dat waren ze.
De Cock leunde in zijn stoel achterover.
'Leverde het onderzoek van Ben Kreuger aan de Brouwersgracht nog iets op?'
Vledder schudde zijn hoofd.
'Dat was niet de schuld van Ben Kreuger. Marianne van Hoogwoud was geen proper meisje. En dan druk ik mij nog vrien-

delijk uit. Alles bij haar in huis was vies en vettig. De dactyloscoop kwastte met zijn aluminiumpoeder alleen maar grote grijze vlekken.'
'Geen vingerafdrukken?'
'Nee.'
'Jammer.'
Vledder trok een ernstig gezicht.
'En dan nog iets. Ik heb in haar papieren gesnuffeld. Ook haar secretaire was een grote bende. Er viel geen lijn in te ontdekken.'
De jonge rechercheur tastte in een binnenzak van zijn colbert, nam daaruit een stapeltje bescheiden en zwaaide die in de richting van De Cock. De papieren dwarrelden voor hem op zijn bureau.
'Wat zijn dat?'
'Loten... loten van de Staatsloterij. Marianne van Hoogwoud bewaarde ze allemaal. Ik heb ze per data op volgorde gelegd. Daarna heb ik mij in verbinding gesteld met een kantoor van de Staatsloterij.'
De Cock glunderde. 'Heel goed.'
'Ik heb de trekkingslijsten van de afgelopen jaren opgevraagd en die vergeleken met de loten die ik in haar secretaire had gevonden.'
De Cock keek hem gespannen aan. 'En?'
'Op de loten van Marianne van Hoogwoud is nooit een prijs van enige omvang gevallen.'

'Heb jij vanmiddag weer een sectie?'
Vledder schonk De Cock een droevige grijns.
'Op het lijk van Marianne van Hoogwoud,' antwoordde hij somber. Ik hoop dat dokter Rusteloos vanmiddag weer in zijn oude doen is.'
'Je bedoelt dat hij weer snel en efficiënt werkt?'
Vledder knikte.
'Ik val anders in slaap bij zo'n routineklus.'
De Cock glimlachte.
'Breng mij voor je naar Westgaarde gaat even naar het bureau Remmerdenplein, dan verhoor ik daar intussen Robert van Eijsden.'

De oude rechercheur zweeg even.
'Of ben jij daar liever bij?
Vledder schudde zijn hoofd.
'Jij kan het alleen wel af. Bovendien verwacht ik van dat verhoor niet veel.'
De Cock keek hem verwonderd aan.
'Waarom niet? Robert van Eijsden is kort voor de moord op Jacqueline van het toneel verdwenen. Wij hebben hem van die moord verdacht. Eerst toen die twee andere moorden volgden en Robert van Eijsden onvindbaar bleef, verflauwde onze belangstelling voor hem.'
'Terecht. Iemand die met vreugde een revolver trekt, pleegt in de regel geen wurgmoord.'
De Cock lachte.
'Ik geloof, Dick,' sprak hij opgewekt, 'dat je er zo langzamerhand iets van begint te begrijpen.'

De Cock keek de man voor zich onderzoekend aan. Hij begreep waarom Geertruida de Groot vond dat hij een smerig ponem had. Het uiterlijk van Robert van Eijsden straalde inderdaad weinig sympathie uit. Zijn neus was te smal en zijn ogen gingen bijna schuil onder hoog oplopende jukbeenderen. Het was onbegrijpelijk dat de knappe Jacqueline Verpoorten kritiekloos aan zijn hand had gelopen.
De Cock toverde een glimlach op zijn gezicht.
'Hoe sta je ervoor?' vroeg hij vriendelijk.
Robert van Eijsden schudde zijn hoofd.
'Slecht, gewoon slecht. Ik heb een paar beginnersfouten gemaakt. In mijn vak moet je het wapen dat je bij een opdracht hebt gebruikt, onmiddellijk laten verdwijnen.'
De Cock keek de man verwonderd aan.
'Dat heb je niet gedaan?'
Robert grijnsde.
'Ik ben gek op revolvers. Dat had ik al toen ik als jochie in de bioscoop mijn eerste cowboyfilms zag. Ik kan het gewoon niet over mijn hart verkrijgen om zo'n mooi wapen zomaar weg te gooien.'
'Dat breekt je nu op?'

Robert knikte traag.
'Dat lijkt erop.'
De Cock liet het onderwerp rusten.
'Jacqueline is dood,' sprak hij met een trieste klank in zijn stem.
Robert van Eijsden knikte.
'Ik vond haar toen ik thuiskwam... een roze sjaal om haar nek.'
'En toen?'
'Met mijn reputatie moet je niet bij een vermoorde griet blijven zitten wachten op de komst van de politie. Dat is vragen om moeilijkheden. Ik ben weggegaan en heb anoniem de Warmoesstraat gebeld.'
'Waarom?'
Van Eijsden trok zijn schouders op.
'Ik wilde niet dat zij daar dagen dood zou blijven liggen terwijl er niemand naar haar omkeek. Ze was een goeie meid... nooit te beroerd om iets voor je te doen.'
'Jullie pleegden samen berovingen.'
Robert knikte. 'Jacqueline gaf mij de adressen waar ze als callgirl haar werk had gedaan. Dan ging ik kijken of ik er brood in zag.'
De Cock knikte begrijpend.
'En als je er brood in zag, dan gingen jullie er samen heen.'
Robert glimlachte.
'Voor haar gingen alle deuren open.'
'Heb je die adressen nog?'
'Wat bedoel je?'
'De adressen die Jacqueline jou gaf... adressen waar zij als callgirl had geopereerd.'
Robert knikte.
'Die heb ik.'
'Ook de adressen waar jij niet direct brood in zag?'
'Ook die.'
'Kan ik ze van je hebben?'
'Waarvoor?'
'Om de moordenaar van Jacqueline te ontmaskeren.'
Robert van Eijsden keek hem aan. Plotseling ontdekte De Cock in zijn gezicht een milde expressie, een verborgen warmte, die even straalde.

'De Cock,' sprak hij gevoelig, 'als jij haar moordenaar vindt, heb je mijn zegen. De adressen van Jacqueline staan in mijn notitieboekje. Dat ligt bij mijn fouillering.'*

De koele, stipte wachtcommandant van het politiebureau aan het Remmerdenplein bleek niet bereid om het notitieboekje aan De Cock mee te geven. Na het verhaal van de oude rechercheur te hebben aangehoord, ging hij naar de cel waar Robert van Eijsden was ingesloten, en vroeg om opheldering. Toen hij van het cellenhuis terugkwam, overhandigde hij De Cock het beduimelde boekje.
'U mag het inzien, sprak hij streng. 'Als er iets van belang voor u instaat, dan kunt u boven bij de administratie afdrukken maken van de betreffende pagina's. Het boekje komt echter het bureau niet uit. Als u met uw onderzoek klaar bent, gaat het terug in zijn fouillering. Als zo'n belangrijk bewijsstuk verdwijnt, krijg ik het op mijn boterham.'
De Cock lachte.
'Je hebt gelijk.'
De oude rechercheur nam het boekje mee naar een leeg bureau, ging zitten en nam het aandachtig door. Hij las namen van bekende politici en artiesten. Hij ging er achteloos aan voorbij. Dat interesseerde hem niet.
Ineens steeg het bloed hem naar het hoofd. In stuntelig schoolschrift las hij de naam en het adres van een man die hij in zijn onderzoek was tegengekomen.
Het verbaasde en intrigeerde hem. In een soort wilde galop rende hij naar de administratie en maakte een paar afdrukken van de betreffende pagina. Daarna ging hij terug naar de wachtcommandant. De man keek hem vanachter de balie vragend aan.
'En? Wat gevonden?'
De Cock drukte provisorisch een kus op het boekje en gaf het aan de wachtcommandant terug.
'Een geschenk uit de hemel!'

---

* Bij een arrestatie wordt de verdachte gefouilleerd – dat is aan lichaam en kleding onderzocht – bescheiden, sieraden en mogelijke bewijsstukken worden tijdens zijn of haar detentie bewaard. Dat wordt de fouillering genoemd.

15

De Cock voelde zich gespannen. Hij vroeg zich af of hij alles goed had georganiseerd... of in de fuik die hij had opgezet, niet ergens een zwakke plek zat of een scheur. Wilde hij tot een sluitende bewijsvoering komen, dan mocht er niets misgaan. Bovendien begreep hij nog niet wat er zou gaan gebeuren... hoe het precies in zijn werk ging.
Een moordenaar of moordenares, zo was zijn ervaring, verandert niet graag zijn of haar vertrouwde werkwijze. Een wurger hanteert in de regel geen pistool en een gifmengster grijpt niet naar een stiletto.
De moordenaar die hij vanavond hoopte te ontmaskeren, had driemaal toegeslagen... zijn slachtoffers steeds gewurgd met een roze sjaal.
De Cock was ervan overtuigd dat hij ook ditmaal zijn wurgsjaal zou gebruiken en ook ditmaal zou toeslaan staande *achter* zijn slachtoffer.
Hij had Everdine de Bruijn in haar kantoortje van Lovable aan de Singel laten plaatsnemen achter haar bureau met haar rug pal tegen de muur. Hij gokte erop dat dit de moordenaar in verlegenheid zou brengen. Een aanval zoals hij gewend was, staande achter het slachtoffer, was bij deze opstelling onmogelijk.
In gezelschap van Vledder had De Cock zich verschanst in een klein vertrek, gelegen direct naast het kantoor van Lovable... een enge ruimte die dienst deed als douche en toilet. Om de technische dienst niet te belasten, had hij zelf met een draadloze boormachine in de deur van de ruimte twee gaatjes geboord, waardoor Vledder en hij de gebeurtenissen in het kantoortje konden volgen.
Buiten op de Singel patrouilleerden Fred Prins en Appie Keizer. Beide collega-rechercheurs van bureau Warmoesstraat waren onmiddellijk bereid geweest om De Cock in nood weer eens bij te staan.

De oude rechercheur had ze een signalement gegeven van de man die hij vanavond hoopte te ontmaskeren als de moordenaar van de drie callgirls. Het was summier, omdat De Cock niet wist in welke outfit de dader zou verschijnen.

De Cock schoof de mouw van zijn colbert iets terug en keek op zijn horloge. Het was vijf voor halfnegen. Hij had nog ruim een halfuur. Hij verliet de benauwde douche- en toiletruimte en stapte het kantoortje binnen.

'U kunt nog terug,' sprak hij vriendelijk. 'U weet dat er risico's zijn.'

Everdine de Bruijn legde een damesblad voor zich op haar bureau.

'Ik doe het voor Marianne.' Haar stem klonk zacht. 'En zij zou het voor mij hebben gedaan.'

De Cock negeerde de opmerking

'U weet dat ook u op zijn lijstje staat om vermoord te worden?'

Everdine zuchtte.

'Dat heb ik inmiddels begrepen. Ik moet u zeggen: het is een macabere gedachte.'

De Cock stak zijn wijsvinger omhoog.

'Wat er ook gebeurt,' sprak hij streng gebarend, 'blijf op uw stoel daar zitten en kom nooit met uw rug bij die muur vandaan.'

Everdine schonk hem een vermoeide glimlach.

'Ik zal eraan denken.'

De Cock verliet het kantoortje en ging terug naar zijn observatiepost. Hij keek weer op zijn horloge. De minuten vergleden traag.

Via zijn kijkgaatje zag hij dat ook Everdine de Bruijn tekenen van ongerustheid begon te vertonen. Haar vingertoppen trommelden nerveus op het damesblad, dat ongelezen voor haar lag.

Appie Keizer meldde zich via de mobilofoon.

'Hij komt vanaf de Brouwersgracht. Ik denk dat hij daar zijn wagen heeft geparkeerd. Hij draagt...'

De stem van Fred Prins onderbrak hem.

'Hij gaat de trap op.'

De Cock voelde hoe de spanning bezit van hem nam. Elke vezel van zijn lijf trilde. Het pulseren van zijn hart golfde in zijn hals. Door het kijkgaatje zag hij de man die hij verwachtte, het kantoortje binnenkomen. De man overzag de situatie voor zich en realiseerde zich vermoedelijk in een flits dat zijn steeds toegepaste methode ditmaal geen kans van slagen had. Met een verwilderde blik in zijn ogen draaide hij zich met een ruk om en rende het kantoortje uit.
De Cock greep de mobilofoon.
'Grijp hem... hij komt naar buiten.'
Onmiddellijk daarna verliet hij zijn schuilplaats en rende met Vledder in zijn kielzog achter de man aan. Buiten op de Singel lag met zijn rug op het trottoir een omvergelopen Appie Keizer.
Fred Prins achtervolgde de man in een wilde galop. Met een tactisch prachtig uitgevoerde *flying tackle* dook hij hem naar de benen. Ze rolden over de straat. Fred Prins reageerde het eerst. Hij trok de armen van de man, die op zijn buik lag, naar zijn rug en hield hem in bedwang.
Vledder hurkte bij de man neer en scheen hem met zijn zaklantaarn van opzij in het gezicht.
Hijgend keek de jonge rechercheur omhoog naar De Cock, die snel naderbij was gekomen.
'Het is... eh, het is Eugène van Kralingen,' sprak hij hees.
De Cock knikte.
'Vriend van Leonidas ter Abbestede.'

De Cock leunde behaaglijk achterover in zijn leren fauteuil. De oude rechercheur voelde zich voldaan en ontspannen. Het feit dat hij weer eens een ingewikkelde moordzaak tot een goed einde had gebracht, was reden tot volle tevredenheid.
Hij keek naar Dick Vledder, zijn trouwe assistent. Ook al botsten hun ideeën dikwijls, De Cock hield van zijn jonge collega. Hij boog zich naar hem toe.
'Heb je Adelheid niet meegenomen?'
Vledder schudde zijn hoofd.
'Ze moet vanavond overwerken. Als ze op tijd klaar is, komt ze nog even langs.'

De blik van de oude rechercheur dwaalde naar Appie Keizer, die zijn duikeling alweer te boven was gekomen en naar Fred Prins, die bij zijn *flying tackle* een paar schaafwonden aan zijn knie had opgelopen.
De Cock was zijn collega's dankbaar... dankbaar voor de bereidwilligheid die zij steeds weer toonden om aan zijn vaak gevaarlijke acties mee te werken. Om die dankbaarheid te tonen had hij hen uitgenodigd voor een soort slotakkoord bij hem thuis.
Fred Prins zwaaide.
'Wie was de man aan wie ik een kapotte knie en een gescheurde broek heb overgehouden?'
De Cock stak afwerend zijn handen vooruit. Daarna vatte hij de fles cognac Napoleon, die hij speciaal voor dergelijke gelegenheden in voorraad hield, en vulde ruim de bodem van diepbolle, voorverwarmde glazen. Hij reikte die zijn vrienden aan. Daarna hield hij zijn glas omhoog.
'Op het onmogelijke beroep van rechercheur.'
Ze namen zijn toost zonder protesten over.
Fred Prins nam een slok van zijn cognac en zette het glas onmiddellijk terug op het bijzettafeltje.
'Wie was die man,' herhaalde hij. 'Die vent liep bijna net zo snel als ik.'
De Cock maakte een hulpeloos gebaar.
'Eugène van Kralingen. Maar voor Appie Keizer en jou, die het begin van deze zaak niet hebben meegemaakt, zegt die naam niets.'
Hij zweeg even en vouwde zijn handen.
'Eugène van Kralingen,' ging hij rustig verder, 'was bevriend met Leonidas ter Abbestede, een ingenieur en begaafd technicus. Bovendien... bezeten van het principe van de Stirlingmotor.'
'Wat is een Stirlingmotor?'
De Cock glimlachte.
'Een motor die zonder gebruikmaking van de traditionele brandstoffen – olie, benzine, gas – kan functioneren en in staat is tot het leveren van energie. Vraag mij niet waarop het principe precies berust, want dat weet ik niet.

Leonidas ter Abbestede had aan de oude uitvinding een dimensie toegevoegd, waardoor de Stirlingmotor zonder enige beperking of belemmering voor elk gebruik toepasbaar was geworden.'
'Knap.'
De Cock trok zijn gezicht in een ernstige plooi.
'Op een avond vond Eugène van Kralingen zijn vriend, op wie hij bijzonder was gesteld, zwaargewond voor de deur van hun woning aan de Prinsengracht. Leonidas werd in allerijl naar het AMC vervoerd, waar men hem, ondanks het feit dat hij door meerdere kogels was getroffen, toch in leven wist te houden.
Ik mocht van de behandelende arts even met hem praten. Leonidas, die een verwarde indruk maakte, vertelde mij dat hij kort voor de aanslag op hem had ontdekt dat alle beschrijvingen en tekeningen van zijn verbeterde Stirlingmotor uit zijn huis aan de Prinsengracht waren verdwenen.'
De Cock trok een droevige grijns.
'De volgende dag werd opnieuw een aanslag op Leonidas gepleegd. Ditmaal met fataal gevolg. Leonidas stierf.'
De oude rechercheur spreidde zijn handen.
'Dat was de prelude... de prelude tot de gruwelijke wurgmoord op drie callgirls... Jacqueline Verpoorten, Henriëtte Vermeer en Marianne van Hoogwoud.'
Fred Prins grinnikte.
'Wat hebben drie callgirls met de uitvinding van een Stirlingmotor en de liquidatie van een technisch ingenieur te maken?'
De Cock knikte.
'Een hele goede vraag. Als ik mijzelf die vraag eerder had gesteld, dan had ik niet dagenlang in een sluier gelopen. Ik kende en vond geen enkel verband tussen een verbeterde Stirlingmotor, de liquidatie van een uitvinder en de dood van drie lieftallige callgirls.'
De oude rechercheur wees in de richting van Vledder.
'Het is aan hem te danken dat mijn denken voor het eerst in de goede richting bewoog. Marianne van Hoogwoud had overal rondgebazuind dat zij in de Staatsloterij het enorme bedrag van vierhonderdduizend gulden had gewonnen. Ze zou dat geld gebruiken om haar studie bedrijfskunde in Amerika voort te zet-

ten. Dat verhaal kriebelde Dick Vledder. Hij geloofde het niet. En wat belangrijker was... Dick kon bewijzen dat op de loten van Marianne Hoogwoud nooit een bedrag van enige omvang was gevallen.'

De Cock nam een slok van zijn cognac.

'Wel bleek dat er inderdaad een bedrag van vierhonderdduizend gulden op haar rekening was gestort, maar niet door de Nederlandse Staatsloterij, maar vanuit een rekening van een Zwitserse bank.'

De oude rechercheur zweeg even.

'Toen zag ik voor het eerst een mogelijk verband tussen de verbeterde Stirlingmotor, de liquidatie van Leonidas ter Abbestede en drie dode callgirls.

Leonidas, de vriend van Eugène van Kralingen, zo herinnerde ik mij, was biseksueel. Hij verlangde periodiek naar een vrouw. Als ik zou kunnen bewijzen dat Marianne van Hoogwoud de uitvinder Leonidas ter Abbestede als callgirl had bezocht, dan was zij wellicht de vrouw die de tekeningen en beschrijvingen van de verbeterde Stirlingmotor had gestolen en voor veel geld had verkocht aan mensen of organisaties die in die verbeterde Stirlingmotor een bedreiging van hun bestaan zagen.'

Vledder knikte.

'En er niet voor terugdeinsden om Leonidas ter Abbestede, die blijkbaar in staat was een dergelijke motor te construeren, middels een huurmoordenaar om het leven te brengen.'

De Cock zuchtte.

'Soms heeft zelfs een rechercheur wel eens geluk. Jacqueline Verpoorten leefde voor haar dood samen met ene Robert van Eijsden, van wie werd gezegd dat hij ook als huurmoordenaar optrad. Samen pleegden zij berovingen. Robert van Eijsden maakte daarbij gebruik van de adressen waar zijn Jacqueline als callgirl had geopereerd. Hij bewaarde die adressen in een beduimeld notitieboekje. Ik mocht dat boekje van hem inzien en ontdekte de naam en het adres van Leonidas ter Abbestede aan de Prinsengracht.'

Fred Prins gebaarde ongeduldig.

'Ik ben nog lang niet bij die Eugène van Kralingen!'

De Cock beduidde hem geduldig te zijn.
'Als... zo redeneerde ik... Jacqueline Verpoorten werd vermoord omdat ze als callgirl voor Leonidas ter Abbestede had opgetreden, dan moest dat ook het motief zijn voor de moorden op Henriëtte Vermeer en Marianne van Hoogwoud.'
Vledder keek hem verwonderd aan.
'Kun je dat bewijzen?'
De Cock glimlachte.
'Ik kan bewijzen dat Henriëtte Vermeer en Marianne Hoogwoud periodiek Leonidas ter Abbestede als callgirl bezochten.'
'Hoe?'
De Cock gebaarde.
'Everdine de Bruijn. Hoewel zij het aanvankelijk ontkende, bewaarde zij wel degelijk de namen en adressen waar de meisjes als callgirl opereerden. Ook zijzelf bezocht in een redelijke frequentie het huis van Ter Abbestede aan de Prinsengracht. Ook zij stond, zo bleek mij later, op de nominatie om vermoord te worden.'
Fred Prins zwaaide geërgerd.
'Eugène van Kralingen... waarom Eugène van Kralingen?'
De Cock plukte even aan zijn neus.
'Ik zei al dat Eugène van Kralingen bijzonder op zijn vriend Leonidas was gesteld. Het feit dat Leonidas biseksueel was, deed hem pijn, maar om zijn vriend ter wille te zijn bezorgde hij hem de vrouwen die hij wenste.
Eugène van Kralingen maakte afspraken met Lovable en haalde de callgirls persoonlijk van hun woning en bracht hen naar de Prinsengracht. Later op de avond bracht hij hen terug naar hun woning. De vrouwen zagen in Eugène van Kralingen geen enkel gevaar. Dat is vermoedelijk de reden dat zij zich nooit tegen hem en de verwurging hebben verweerd.
Eugène van Kralingen is geen domme man. Hij zag een duidelijk verband tussen het stelen van de tekeningen en omschrijvingen van de Stirlingmotor en de liquidatie van zijn vriend. Hij achtte de man of de vrouw die de tekeningen en papieren had gestolen en verkocht, verantwoordelijk voor zijn gewelddadige dood.
De vraag die hij zich stelde, was: wie waren in staat geweest om de tekeningen en bescheiden uit hun woning aan de Prin-

sengracht te stelen? Er was nooit een inbraak gepleegd en buiten de callgirls kwam er niemand over huis. Conclusie... een van de callgirls had de dood van zijn vriend op haar geweten. Omdat hij geen mogelijkheid zag om de ware schuldige aan te wijzen...'
Vledder onderbrak hem.
'Besloot hij ze alle vier te doden.'
De Cock knikte traag.
'Ik heb hem vanmorgen uitgebreid verhoord. Eugène van Kralingen maakte een ontspannen indruk. Hij kwam zonder enige schroom vrijwel onmiddellijk tot een uitgebreide bekentenis. Van enige spijt of berouw heb ik niets gemerkt.'
Appie Keizer boog zich iets naar hem toe.
'Hoe kreeg je hem zover dat hij op jouw tijdstip naar het kantoor van Lovable kwam?'
De Cock glimlachte.
'Ik liet Everdine de Bruijn een brief schrijven, waarin ze openbaarde dat zij wist dat Eugène van Kralingen verantwoordelijk was voor de moord op de drie callgirls. Zij stelde dat zijn missie inmiddels was voltooid omdat ook Marianne Hoogwoud, de vrouw die de tekeningen en bescheiden had gestolen en verkocht, door hem de dood had gevonden. Voor een moord op haar – Everdine de Bruijn – was, zo liet ik haar schrijven, geen motief meer. In de brief vermeldde zij verder dat zij haar wetenschap niet aan de politie zou doorgeven. Wel eiste zij – voorlopig – een zwijggeld van vierhonderdduizend gulden.'
Vledder keek hem aan.
'Soms,' sprak hij somber, 'geef jij er blijk van over een duivels brein te beschikken.'
De Cock negeerde de opmerking.
'Ik rekende erop dat Eugène van Kralingen er niets voor voelde om de rest van zijn leven door een vrouw te worden gechanteerd.'
De oude rechercheur zonk terug in zijn fauteuil. De lange uiteenzetting had hem vermoeid. Na enige minuten schonk hij nog eens in. De gesprekken werden algemener en de moord op de callgirl verdween wat op de achtergrond.

Mevrouw De Cock liep naar de keuken en kwam terug met schalen vol lekkernijen.

Het was al laat in de avond toen het gezelschap afscheid nam.

De grijze speurder schonk zich nog eens in en mevrouw De Cock schoof een poef bij en ging dicht bij haar man zitten.

De oude rechercheur hief zijn derde glas van die avond.

'Heb ik een duivels brein?'

Mevrouw De Cock keek hem glimlachend aan en schudde haar hoofd.

'Ik heb nooit iets duivels in jou kunnen ontdekken. Jij gebruikt je hersenen om een moordenaar te vatten... daar heeft de duivel niets mee te maken.'

Ze schoof nog iets dichter naar hem toe.

'Waarom gebruikte Eugène van Kralingen bij zijn verwurgingen steeds een roze sjaal?'

De Cock zette zijn glas neer.

'Ik heb het hem niet gevraagd... vermoedelijk omdat ik het begreep. Die roze sjaals waren, zo voel ik het, bedoeld als symbool van zijn geaardheid. Roze is de zoete kleur van homofielen. Wellicht was het ook een stil protest tegen vrouwen.'

Mevrouw De Cock keek haar man verwonderd aan.

'Een protest?'

De Cock knikte.

'Als Leonidas ter Abbestede niet biseksueel was geweest... geen vrouwen had gewild, dan had hij nu nog geleefd.'

Mevrouw De Cock knikte begrijpend.

'En had hij voldoende tijd gekregen om zijn geliefde Stirlingmotor op de markt te brengen.'

De grijze speurder schudde zijn hoofd.

'Voor een goede Stirlingmotor,' sprak hij droevig, 'is de wereld nog lang niet rijp.'